BIBLIOTECA
WALCYR CARRASCO
HISTÓRIAS PARA A SALA DE AULA

Walcyr Carrasco
Pequenos delitos

e outras crônicas

2ª EDIÇÃO

3ª impressão

© WALCYR CARRASCO, 2015
1ª edição 2004

COORDENAÇÃO EDITORIAL	Maristela Petrili de Almeida Leite
EDIÇÃO DE TEXTO	Marília Mendes
COORDENAÇÃO DE EDIÇÃO DE ARTE	Camila Fiorenza
DIAGRAMAÇÃO	Michele Figueredo
ILUSTRAÇÕES DE CAPA E MIOLO	Marcelo Martinez
COORDENAÇÃO DE REVISÃO	Elaine Cristina del Nero
REVISÃO	Dirce Y. Yamamoto
COORDENAÇÃO DE BUREAU	Américo Jesus
PRÉ-IMPRESSÃO	Alexandre Petreca
COORDENAÇÃO DE PRODUÇÃO INDUSTRIAL	Wilson Aparecido Troque
IMPRESSÃO E ACABAMENTO	Docuprint
LOTE	788.240
Item:	12096830

Dados Internacionais de Catalogação na Publicação (CIP)
(Câmara Brasileira do Livro, SP, Brasil)

Carrasco, Walcyr
  Pequenos delitos e outras crônicas / Walcyr Carrasco. — 2. ed. — São Paulo : Moderna, 2015. — (Série Histórias para a sala de aula)

  ISBN 978-85-16-09683-0

  1. Crônicas brasileiras I. Título. II. Série.

15-00217   CDD-869.93

Índices para catálogo sistemático:

1. Crônicas : Literatura brasileira   869.93

Reprodução proibida. Art.184 do Código Penal e Lei 9.610 de 19 de fevereiro de 1998.

Todos os direitos reservados

EDITORA MODERNA LTDA.
Rua Padre Adelino, 758 - Belenzinho
São Paulo - SP - Brasil - CEP 03303-904
Vendas e Atendimento: Tel. (11) 2790-1300
www.modernaliteratura.com.br
2024
Impresso no Brasil

Sumário

Apresentação da antologia — Douglas Tufano 9

Entrevista com Walcyr Carrasco 12

1. Pequenos delitos 17
   Podem me chamar de abelhudo. Sou, com muita honra. Minha desculpa como escritor, tento entender o comportamento humano.

2. Vocação 20
   Acabei descobrindo que o velho ditado é correto: para subir uma escada é preciso ir um degrau de cada vez.

3. Meu pai, o homem que torcia por mim 23
   Meu pai era um homem simples, mas teve grandeza. E o mais importante, ele torcia por mim. Para mim, esse é o significado maior de um pai.

4. A raça superior 26
   Há tempos imemoriais, nós, os humanos, fomos derrotados por uma raça superior, muito mais esperta. Mais que derrotados, fomos domesticados pelos cachorros.

5. Em busca da paz 29
   Que vida! Já não se fazem mais sonhos como antigamente! Férias são boas quando são simplesmente férias!

6. Eu, cidadão 32
   O micro-ondas está criando teias de aranha. É para economizar energia elétrica, pois bem!

7. O automóvel 35
   Mal se afastaram caminhando, outro carro veio voando na curva. Derrapou também. Voou em cima do automóvel. O que sobrou provavelmente dava para levar em uma sacola.

8. Culinária afetiva 38
   Entre todos os pratos, jamais esquecerei de uma torta que comi em uma viagem. Era um grupo de jovens hospedado em um antigo internato japonês.

9. O pinheiro 41
   Um amigo saiu em busca de um pinheiro verdejante. Demorou horas. Voltou com uma árvore raquítica e torta.

10. Desculpa esfarrapada 44
    Os tempos mudam. A tecnologia dos pretextos evolui. A desculpa ganha roupa nova.

11. Perder peso e entrar em forma? 47
    Fazer exercícios é bom. O duro é que virou obsessão.

12. Adeus ao fogão 50
    É uma constatação: as mulheres andam com orgulho de ficar longe das panelas.

13. O mestre da faxina 53
    Deitei-me sobre o tapete para caçar os pontinhos de sujeira. Nesse instante, o rodinho escorregou e caiu em direção ao ralo. Na batida, uma poça d'água explodiu.

14. Banheiros & Cia. 56
    Nunca tinha conjugado o verbo ferver. Agora sei como se sente uma galinha que vai ser canja. Tentei levantar e sair.

15. Turista de imobiliária 59
    Parecia disposta a se mudar na semana seguinte. Comecei a imaginar como torraria o dinheiro da venda. Pois sim! Nunca mais vi a tal artista!

16. Delírios de honestidade 62
   Outro dia eu estava pensando em como seria o mundo se as pessoas fossem realmente honestas. Inclusive no mais prosaico cotidiano.
17. Medo da velhice 66
   Penso que nossos ancestrais sabiam lidar com a velhice. Viviam em cidades menores, os vizinhos se conheciam, e um ajudava o outro.
18. Striptease no inverno 69
   É horrível ter de arrancar o casaco. A malha novinha em folha! Que remédio? Tirei. Dali a pouco, foi a vez da camisa. Passei a tarde suando e carregando a tralha.
19. Adoráveis felinos 72
   São uma companhia silenciosa mas cálida. Ninguém se sente realmente sozinho quando tem um gato. E quem disse que um gato não tenta contribuir para o orçamento familiar?
20. Arroz-doce 75
   Pratos simples remetem a sensações do dia a dia, quando a família toda sentava-se em torno da mesa. O jantar era, simplesmente, o momento de estarem juntos.
21. O trauma dos carecas 78
   Há algum tempo encontrei um amigo em um bar. Parecia ter se tornado um... ex-careca! O topo da cabeça absolutamente preto.
22. O casamento 81
   Começa a cerimônia. Sermão. Minhas pernas latejam. O padrinho do outro lado está olhando exatamente atrás de mim. Olhar fixo. Será que o teto está prestes a despencar na minha cabeça?
23. Cuidado com o dono 84
   Trazia os filhotes para dormir em casa. Um número crescente de cachorrinhos, todos ganindo de saudades da mãe. Eu tinha vontade de abrir a janela e uivar.
24. Muambas de luxo 87
   Será que ninguém pensa que em vez de fazer compras eu quero aproveitar a viagem?

25. Perigosa 90
E foram aceitando. Certas de que fosse uma gentileza, já que ninguém estava falando em dinheiro. No final veio a conta.

26. Vítima das embalagens 93
Recentemente, também fui vítima de uma lata de patê de fígado. Era daquele tipo que vem com uma chavinha.

27. A vida é falsa 96
Enfio o palito nos dentes sob o olhar constrangido de todos que estão à mesa. Sorrio, deliciado. Existe coisa melhor do que palitar os dentes depois de uma refeição?

28. Pedestres à vista! 99
Outro dia, estava dando ré. Um casal correu por trás do carro, como se não pudesse perder um único segundo. Brequei.

29. Reis do consumo 102
Tenho mania de comprar livros. É uma fixação, pois acabo levando para casa muito mais do que consigo ler.

30. Tudo é possível 105
Não entra na minha cabeça que uma noite iluminada pelos fogos vá determinar a minha vida, o meu ano, a minha felicidade. E sim o meu íntimo, iluminado pela minha vontade.

Apresentação da antologia
Douglas Tufano

Todo mundo conhece Walcyr Carrasco. As crônicas, peças de teatro e as telenovelas que tem escrito tornaram seu nome muito familiar aos brasileiros.

Nesta nova coletânea de crônicas, publicadas originalmente na revista *Veja São Paulo*, temos um apanhado de textos tão envolventes que começamos a ler e não conseguimos parar, vamos direto até o fim, numa viagem muito prazerosa pelo mundo da leitura.

Os textos correspondem exatamente ao moderno conceito de crônica: textos breves que falam do dia a dia de todos nós, como se o autor estivesse conversando com o leitor. Por isso, o tom é sempre coloquial, intimista, quase confidencial. E aos poucos o cronista vai comentando os seus (e os nossos) problemas cotidianos: perder peso, controlar a gula, seguir ou não a moda, a correria da vida nas grandes cidades, os problemas do trânsito, as desculpas esfarrapadas para fugir de um compromisso etc. E seu espírito atento e observador também surpreende dramas humanos, como a solidão das pessoas idosas e a falta de solidariedade dos que estão à sua volta.

Mas Walcyr fala também de seu mundo pessoal, de suas lembranças afetivas, das saudades dos doces da avó, das palavras de estímulo do pai, do carinho da mãe, de pessoas que marcaram sua vida.

E é esse tom envolvente que torna as crônicas do Walcyr tão populares, reproduzidas, espalhadas pelas redes sociais. Afinal, quem já não se identificou com algumas das situações narradas por ele? Outro aspecto que se destaca nesta coletânea e prende nossa atenção é o humor. De um detalhe aparentemente insignificante, Walcyr consegue extrair e desenvolver situações muito engraçadas. E a descrição é tão visual que é como se estivéssemos vendo uma cena de teatro ou televisão. É o que ocorre, por exemplo, nas crônicas "O mestre da faxina", "Banheiros & Cia." e "Vítima das embalagens", entre outras. Aqui, o cronista e o autor de teatro e telenovelas se dão as mãos para criar textos e diálogos verdadeiramente cômicos e de sutil análise do comportamento humano.

Aproveitem mais este livro de Walcyr Carrasco. Virem a página e comecem a leitura de um dos grandes nomes da crônica brasileira.

Boa viagem!

Douglas Tufano nasceu na cidade de São Paulo. Cursou Letras e Pedagogia na Universidade de São Paulo (USP). Formou-se professor e começou a lecionar e a escrever livros didáticos e paradidáticos. Depois de alguns anos, mudou-se para Jundiaí-SP, onde vive até hoje, escrevendo e dando aulas de Português, Literatura e História da Arte.

Entrevista com Walcyr Carrasco

1. Walcyr, neste livro, você conta vários episódios vividos por você ou por amigos, familiares, conhecidos. Como nascem suas crônicas? Tudo o que lemos realmente aconteceu ou muita coisa é invenção sua?

AS CRÔNICAS SÃO INSPIRADAS SIM, NO MEU COTIDIANO E DE MEUS AMIGOS. ÀS VEZES EXAGERO UM POUCO, MAS PESSOALMENTE TAMBÉM SOU ASSIM, GOSTO DE FAZER COMENTÁRIOS, CRÍTICAS E VIVER COM HUMOR.

2. Por que você diz que ler é importante na formação de um escritor? Você realmente tem mania de comprar livros, como diz numa das crônicas?

EU ACREDITO QUE É PRECISO LER MUITO PARA ESCREVER BEM. E PARA REFLETIR SOBRE A VIDA, CRIAR CONCEITOS PRÓPRIOS, ENFIM, CRESCER INTERIORMENTE. PARA SER UM BOM ESCRITOR, A LEITURA É FUNDAMENTAL. MAS TAMBÉM PARA QUALQUER OUTRA PROFISSÃO, ATRAVÉS DE LIVROS CONHECEMOS PESSOAS, SUA MANEIRA DE PENSAR, OUTROS HÁBITOS, OUTRAS VISÕES DE MUNDO, E ISSO ACRESCENTA MUITO PARA QUALQUER INDIVÍDUO.

3. Já cometeu "pequenos delitos"?
SIM, LAMENTAVELMENTE. MAS TAMBÉM SEMPRE TIVE UM SENSO GRANDE DE HONESTIDADE. NAS VEZES QUE ME DERAM TROCO A MAIS, POR EXEMPLO, EU SEMPRE DEVOLVI, PORQUE PENSO QUE O DINHEIRO TERÁ QUE SER REPOSTO PELA PESSOA DO CAIXA. NINGUÉM É PERFEITO, PORÉM. O IMPORTANTE É REFLETIR SOBRE SI MESMO, SEMPRE.

4. Você se acha "gordinho"? Tem lutado muito contra a balança?
É UMA LUTA ETERNA! ULTIMAMENTE EMAGRECI MUITO, MAS MUDEI MEUS HÁBITOS ALIMENTARES. HOJE EU COMO MENOS E MELHOR DO QUE ANTES. E TAMBÉM FAÇO EXERCÍCIOS FÍSICOS, ENFIM, TRATO DE TER UMA VIDA SAUDÁVEL. ESCORREGADAS, AGORA SÓ DE VEZ EM QUANDO!

5. Foi muito difícil mesmo escrever e publicar o primeiro livro?
SIM, FOI! MESMO COM O APOIO DA RUTH ROCHA, QUE GOSTA MUITO DE *QUANDO MEU IRMÃOZINHO NASCEU*, DEMOREI ALGUNS ANOS PARA PUBLICAR.

6. Por que você gosta de ter cães e gatos em casa? É verdade que você tem um *husky* siberiano?
ATUALMENTE EU TENHO UMA *HUSKY*, A LUNA, DE PELOS BRANCOS E OLHOS AZUIS. É MUITO MEIGA, ADORO CHEGAR EM CASA E BRINCAR COM ELA. ANTES TIVE O UNO, TAMBÉM *HUSKY*, QUE FOI UM GRANDE COMPANHEIRO! EU GOSTAVA TANTO DELE QUE ESCREVI O LIVRO *ANJO DE QUATRO PATAS*, FALANDO DE MEU CACHORRO, QUANDO ELE FALECEU.

7. Você é supersticioso, como diz na crônica "O pinheiro"? Acredita em horóscopo?

AH, EU SOU SUPERSTICIOSO SIM. MAS NÃO ACREDITO EM HORÓSCOPO DIÁRIO, PORQUE ACHO QUE CADA INDIVÍDUO É ÚNICO, É IMPOSSÍVEL GENERALIZAR O QUE VAI ACONTECER COM CADA UM MAS GOSTO DE TUDO QUE SE REFERE AO MUNDO ESPIRITUAL, E A ASTROLOGIA, QUANDO ESTUDADA EM PROFUNDIDADE, É FASCINANTE. ATUALMENTE, PORÉM, NÃO GOSTO DE PREVISÕES SOBRE O FUTURO, NUNCA VOU A CARTOMANTES OU ASTRÓLOGOS. PREFIRO QUE AS COISAS CHEGUEM E EU APRENDA A LIDAR COM ELAS, NA SUA MEDIDA.

8. Qual é sua lembrança mais gostosa dos tempos de escola?

NOSSA, SÃO TANTAS! EU LEMBRO A PRIMEIRA VEZ QUE OLHEI EM UM MICROSCÓPIO E VI UM MUNDO MARAVILHOSO, NAS CÉLULAS DE UMA FOLHA. TAMBÉM ADORAVA AS AULAS DE REDAÇÃO, POIS ALI COMECEI A EXERCITAR MEU LADO ESCRITOR. EM COMPENSAÇÃO, ERA PÉSSIMO NOS ESPORTES. O TIPO DO MENINO QUE, QUANDO ESCOLHIAM OS TIMES, SEMPRE FICAVA POR ÚLTIMO. CERTA VEZ, PORÉM, MEU TIME DE BASQUETE GANHOU UM CAMPEONATO E RECEBI UMA MEDALHA. QUASE FUI VAIADO!

9. Você lutou muito para ser escritor. E hoje, como autor reconhecido não apenas de crônicas, mas de peças de teatro e telenovelas, você se considera um profissional realizado?

EU TENHO SEMPRE TANTAS HISTÓRIAS DENTRO DE MIM, QUE NÃO QUERO PARAR DE CONTAR. NÃO GOSTO MUITO DE DIZER QUE SOU UM PROFISSIONAL REALIZADO, PORQUE SERIA COMO ASSUMIR QUE BOTEI UM PONTO-FINAL. O ESCRITOR, ASSIM COMO QUALQUER OUTRO PROFISSIONAL, DEVE ESTAR SEMPRE EM CRESCIMENTO.

10. E as saudades, Walcyr? Se fosse possível trazer alguém do passado, com quem você gostaria de se reencontrar e conversar? O que você contaria?

EU ADORARIA REENCONTRAR MEU PAI E CONTAR PRA ELE COMO FOI IMPORTANTE TER GANHADO A PRIMEIRA MÁQUINA DE ESCREVER (NA ÉPOCA NÃO HAVIA COMPUTADOR) QUANDO AINDA ERA UM MENINO. AGRADECER, PORQUE ELE ENTENDEU MEUS SONHOS. LAMENTAVELMENTE, ELE FOI EMBORA DESTE MUNDO HÁ MUITO TEMPO, E NÃO PRESENCIOU MEU SUCESSO.

11. E para terminar, um desafio: um adjetivo que possa definir Walcyr Carrasco.

NOSSA, ESSA É DIFÍCIL. MAS ACHO QUE SOU MESMO MEIO DOIDO.

1. Pequenos delitos

Compras do mês. Percorro as prateleiras do supermercado olhando gulosamente tudo aquilo que é bom mas engorda. Um senhor magro e grisalho para diante dos iogurtes. Olha ao redor, cautelosamente. Agarra uma garrafinha sabor morango, abre e vira na boca, bem depressa. Esconde a embalagem. Disfarço, mas sigo o homem. Podem me chamar de abelhudo. Sou, com muita honra. Minha desculpa como escritor, tento entender o comportamento humano. Dali a pouco o homem pega um pacote de bolachas. Abre. Come algumas. A sobremesa? Na banca de frutas. Uvas itália tiradas do cacho. Um pêssego pequeno. Devora. Esconde o caroço no bolso. Nem sei como consegue fazer a digestão, tal a rapidez.

Não, não se trata de nenhum MSS — Movimento dos Sem-Supermercado — ou coisa que o valha. É um senhor com jeito de vovozinho e trajes de classe média. Termina as compras de barriga cheia e com expressão de vitória.

Comento o caso com uma amiga. Ela também já viu cenas assim.

— Faço de tudo para não praticar pequenos delitos — diz ela. — É uma responsabilidade pessoal.

Culposamente, lembro de mim mesmo, quando vou comprar fruta seca. Adoro uva-passa. Com a desculpa de experimentar, pego uma. Duas. Três. Trezentas! Outra amiga é absolutamente contra camelôs. Diz que emporcalham a cidade. Há uma semana chegou com um brinquedo para os filhos.

— Paguei baratinho — contou, animada. Era de uma banquinha no centro da cidade. Espantei-me.

— Você não é contra?

— Sou contra, mas não sou burra! Pode? Hoje em dia se fala muito em ética. Mas, quando podem dar o golpe nas pequenas coisas, muita gente sente-se orgulhosa. Conheço uma livraria que aceita devolução. Recentemente uma senhora levou seu exemplar. A gerente não reconheceu o livro. A cliente teimou. Ela verificou todas as notas. Simplesmente o título não havia sido negociado. Insistiu:

— Eu troco, desde que a senhora me diga a verdade. Não é daqui, é?

A mulher reconheceu: havia comprado o exemplar há tempos, em outro lugar. Mesmo assim, aceitou a troca e saiu satisfeitíssima com um livro novo. Outra cliente levou o livro de atividades do filho, acompanhada pela criança. Trocou. Dias depois descobriu-se que os questionários e jogos internos estavam preenchidos a mão. Era golpe.

— Que exemplo essa mulher dá ao filho? — admira-se a vendedora.

E quando o troco vem errado? Confesso que a minha primeira reação é de alegria! De repente, tenho mais dinheiro do que pensava. Em seguida lembro que a diferença será paga pelo caixa. Devolvo. Sei que nem todo mundo faz isso. Já vi gente feliz da vida porque o dono da loja faz confusão nos preços.

Outra coisa que odeio é emprestar e não receber. Há uma predisposição para não pagar pequenas dívidas. Mesmo quem empresta fica sem jeito de cobrar.

— São só cinco reais... não faço questão.

Como se fosse feio receber o que é seu! Certa vez que reclamei o pagamento com um amigo, ele disse:

— Pão-duro! Você liga para mixaria?

Tenho um conhecido que jamais tem dinheiro para dar ao manobrista. Sempre me pede um trocado. Se eu não tenho, promete:

— Da próxima vez, dou em dobro.

Mas cadê a próxima vez?

Ou então dá o golpe em mim mesmo:

— Saí sem cartão e talão de cheques. Hoje você paga o jantar, o próximo é meu.

Ah, que raiva! De facadinha em facadinha, faz uma bela economia!

Surrupiar um queijinho no supermercado parece não ter a menor importância. Mas os pequenos delitos, quando somados, tornam a vida na cidade grande ainda mais selvagem.

2. Vocação

Uma das atividades que mais deliciam os adultos é perguntar às crianças:

— O que você vai ser quando crescer?

Entre meus amigos de infância, a resposta-padrão era médico ou advogado. Algum, mais aventureiro, respondia:

— Vou dirigir caminhão!

Minha resposta era a mais esquisita:

— Escritor.

Tinha me apaixonado pela ideia de ser escritor, embora não soubesse bem do que se tratava.

— O que faz um escritor? — perguntava minha mãe.

— Escreve! — eu respondia, cheio de razão.

Ao longo da adolescência, a crise explodia nos almoços de domingo:

— Vou prestar bioquímica — avisava meu irmão mais velho.

Mamãe não sabia exatamente do que se tratava, mas parecia respeitável. Chegava minha vez:

— Quero ser escritor.

— Do que vai viver?

Essa era a questão.

Segundo todas as informações, artistas em geral passavam fome.

— O certo é você ter uma profissão e escrever nas horas vagas — aconselhava papai.

Eu teimava, dizendo que o dinheiro não era importante. Mas a satisfação!

— Quero ver a satisfação quando não tiver com que pagar o aluguel.

O almoço se tornava um caos. Mamãe perguntava:

— Onde você estuda para ser escritor?

Eu me calava. Médicos, advogados, engenheiros, estudam em faculdades. Agora... escritores? Como alguém se tornava um?

Tentava seguir o conselho de Monteiro Lobato: ler bastante. Para escrever bem, é preciso ler muito. Eu me afundava nos livros.

Um amigo de escola me aconselhou:

— Só com bastante experiência de vida. Como você vai falar sobre a vida dos outros se não passar por tudo?

Sou do tipo tímido. Seria obrigado a passar noites bebendo, até rolar pela sarjeta? Namorar todas as garotas que encontrasse? Ir a todos os lugares, sem exceção, mesmo que eu não gostasse do barulho?

Talvez fosse melhor fazer artesanato com couro. Deixei crescer os cabelos, comprei couro, cola, tesouras. A bolsa ficou pavorosa. Desisti.

Lá pelos vinte anos escrevi minhas primeiras peças. Mostrei a um intelectual.

— Está muito meloso.

Reli. Nada mais pavoroso.

Comprei um livro de culinária. Terminava a faculdade de jornalismo, mas precisava de algo para expressar minha criatividade. Poderia montar um restaurante, se aprendesse algumas receitas sofisticadas. Dediquei-me aos peixes com laranja, frangos com laranja, arroz com laranja... as visitas, que só comiam de vez em quando, adoravam. Eu não suportava mais olhar para uma laranja. Voltei para as omeletes, o macarrão... e ao sonho de ser escritor.

Transpirei para escrever meu primeiro livro. Foi um infantil, *Quando meu irmãozinho nasceu*, que conta a história de um menino que acompanha a gravidez da mãe. Demorou mais ainda para ser editado. Montar a primeira peça foi bem mais difícil, por causa do dinheiro. *Meu terceiro beijo* acabou fazendo certo sucesso.

Acabei descobrindo que o velho ditado é correto: "para subir uma escada é preciso ir um degrau de cada vez". O mundo mudou. Agora existe um mercado para autores de livros, roteiristas de cinema e televisão. Às vezes vou dar palestras em escolas e me perguntam qual seria a carreira do futuro. Digo que não sei.

— Na minha juventude, se alguém falasse em trabalhar com computadores, ia ser tachado de maluco — explico.

Como será o mundo de amanhã? O grande negócio é escolher o que se gosta. Quando a gente gosta do que faz, pode ser até pavoroso. Mas insiste. Acaba aprendendo. Quando a gente gosta, tem mais chance de dar certo. Foi isso que aprendi na vida. Foi assim que me tornei escritor.

3. Meu pai, o homem que torcia por mim

Sempre que vejo um canário, lembro do meu pai. Cresci cercado de gaiolas, repletas de espécimes coloridos. Ajudava a dar alpiste, a encher os bebedouros de água. Acompanhava as fêmeas chocando os ovos, pequenos e pintados. Era fantástico ver os filhotinhos piando. Minha mãe preparava uma papa de ração, que meu pai dava com uma colherinha. Às vezes eram tantos os cuidados que eu sentia ciúme. E se gostasse mais dos canários do que de mim?

Meu pai não era dado a expansões carinhosas. Talvez porque fosse criado em um meio em que homem não expressava os sentimentos. Talvez porque nunca tenha recebido muito carinho de seu próprio pai. Saiu de casa aos treze anos e foi morar com um irmão. Teve um problema nos olhos e quase ficou cego, ainda adolescente. Mais tarde, quando quis continuar os estudos, já estava casado e com filhos — eu e meu irmão mais velho, Airton. Tentou, mas não pôde seguir adiante.

Era ferroviário. Telegrafista. Profissão simples, mal remunerada, que é rara atualmente, com a chegada dos *e-mails*, da vida cercada por computadores. A pobreza, na minha infância no interior, era mais digna do que a de hoje. Afinal, ele conseguiu batalhar por um projeto de vida para os filhos. A duras penas conseguiu. Sua maior crença era nos fazer estudar. Meus dois irmãos (o mais novo, Ney, nasceu depois) começaram a aprender música aos seis anos de idade. Eu preferi estudar inglês, desde os dez. Ia à escola pública. Na época o colégio do Estado era prestigiado. Lutava-se para entrar, pela qualidade do ensino. Os professores eram pessoas respeitadas na cidade. Tratadas de maneira especial, pois, afinal, eram professores! Tudo isso pode parecer estranho hoje em dia, quando se ouve falar de escolas depredadas e de alunos que ameaçam os mestres. Mas houve um tempo, e não há tantos anos assim, em que o ensino merecia tratamento especial. Todos os esforços da família eram orientados para nossa educação. Até a fuga dos canários causaria menos dor a meu pai do que ver um filho repetir o ano.

    Ganhei minha primeira máquina de escrever aos treze. Já anunciava aos quatro ventos meu desejo de ser escritor. Um dia — não era Natal nem aniversário — ele veio com a máquina. Modelo simples, portátil. Comprada em prestações a perder de vista. Coloquei a primeira folha de papel sulfite e experimentei a primeira tecla. Nunca vou esquecer a sensação, o cheiro de tinta e a letra surgindo no papel.

    Ao longo da vida, tive a chance de sentir o apoio dele várias vezes. Mesmo quando resolvi partir pelo mundo, de mochila nas costas, não ouvi uma palavra de recriminação. Quando voltei, ele continuava torcendo por mim.

    Ficou doente por quase vinte anos. Algum tempo antes da grande partida, teve a percepção de que não duraria muito. Foi ao cartório e fez o documento, pedindo para ser cremado. E outro para doar órgãos. Entretanto, quando aconteceu, pareceu tão de repente, tão despropositado! Fica sempre a sensação de que poderia ter ficado conosco por mais tempo, de que faltou falar sobre tantas coisas! Quando fomos examinar seus papéis, encontramos uma carta endereçada a todos nós. Escrita para ser aberta depois da partida. Dizia como tinha sido bom ser nosso pai. A palavra de carinho que em vida foi tão difícil pronunciar. Para cada um tinha uma mensagem especial. Lembrava que a vida não termina aqui, neste mundo. Fosse para onde fosse, prometia continuar pensando em nós. Até hoje, quando lembro dessa carta, sinto os olhos marejados de lágrimas.

Meu pai era um homem simples, mas teve grandeza. E o mais importante, ele torcia por mim. Para mim, esse é o significado maior de um pai. Alguém capaz de torcer, sempre, sem nenhuma condição, nenhuma imposição. Porque a única condição entre pai e filho deve ser sempre o amor.

4. A raça superior

A espécie humana acredita ser a única inteligente. Puro engano. Há tempos imemoriais, nós, os humanos, fomos derrotados por uma raça superior, muito mais esperta. Mais que derrotados, fomos domesticados pelos cachorros. De fato, sob qualquer índice de avaliação, a raça canina se mostra superior. Quem convive com um cão gosta de dizer que é o "dono". Como acreditar, se tudo prova que o cachorro é o dono do homem? Na questão da alimentação, por exemplo. Qualquer pessoa gasta dinheiro e tempo para comprar ração. Analisa os vários tipos e até experimenta uns pedacinhos para avaliar o sabor. Corre atrás de ossos para proporcionar tardes de degustação ao cachorro. Compra imitações de ossos de borracha. Indústrias pesquisam novas rações nutritivas. Gastam uma fábula em propaganda. Ou seja: sem levantar uma pata, o cachorro faz com que os seres humanos trabalhem torrando neurônios, tempo e dinheiro simplesmente para alimentá-los!

Certa vez tive uma cachorrinha que só podia comer arroz com cenoura e carne moída. Estava sem empregada. Durante um mês eu levantava uma hora antes, preparava a comida e saía para trabalhar. Ao voltar, servia uma nova refeição e lavava o prato. Em troca, ela lambia meus dedos. Eu me sentia no cúmulo da felicidade só de receber essas lambidinhas! Seja dita a verdade: quem era dono de quem?

E na questão amorosa? Quando gosta de alguém, o cão abana o rabo. Pode ser um desconhecido. Gostou, abanou. Quando está a fim, deita-se de patas para cima e lança um olhar bem pidoncho. Até o coração mais duro não resiste a dar carinho, coçar as orelhas, fazer uns afagos. Eu, não. Nunca me deitei de barriga para ficar me oferecendo. Vontade não faltou, mas e a coragem? Nós, seres humanos, usamos artifícios. Gastamos dinheiro em perfumes, em cabeleireiros, em dermatologistas. Vamos a jantares, festas, barzinhos da moda, entramos em *chats* da internet, só para achar quem nos coce as orelhas. Se alguém faz festa para todo mundo que conhece, rebolando como um cãozinho, vem o veredicto:

— Ih! Está com carência afetiva.

Toca a procurar um terapeuta. Horas e horas dedicadas a analisar a pura vontade de buscar amor! Revistas dedicam quilômetros de papel a práticas de sedução. Como olhar de lado, como sorrir, como se oferecer sem dar na vista. Mais: como ter coragem de expressar os sentimentos. Cachorro, não. Abana o rabo e pronto. Muitas vezes, com ciúme, já tive vontade de morder alguém. Ao contrário, sorri simpaticamente enquanto o sangue fervia. Cães não possuem esse tipo de constrangimento. Atiram-se em cima do rival. Mordem a mão de quem acaricia. Até conseguirem seu quinhão de afeto. Mas também não guardam raiva. Depois de rosnarem um para o outro, dois cães saem pulando e brincando juntos. Que espécie sabe lidar melhor com as próprias emoções?

A questão da pele também é importante. Criamos indústrias do vestuário porque não estamos satisfeitos com a própria pele, e inventamos estratagemas para cobri-la. Boa parte da humanidade se dedica a fabricar tecidos, a inventar e a vender roupas. Qualquer pessoa ambiciona se vestir bem. Fortunas são despendidas em novos guarda-roupas. A moda vira, e toca a gastar tudo outra vez. Cachorro, não. Nasce vestido. Imagine-se quanto delírio, quanta mão de obra seria evitada se o ser humano tivesse a mesma tranquilidade a respeito da própria aparência.

Chegamos ao xis da questão. Criamos filosofias, escrevemos livros. Há quem faça ioga, meditação. Tudo para aprender a aceitar o fardo da existência. O cão já nasce aceitando. "A vida é e não é", deve pensar o cão, com a sabedoria de um mestre *zen*. É o que constato todos os dias ao chegar em casa exausto do trabalho, de mau humor com o chefe, com a fatura do cartão de crédito prestes a me degolar, o cheque especial batendo as folhas em torno de minhas orelhas como uma ave de rapina. Sento na varanda e meu cachorro se aproxima. Sem nenhuma preocupação na vida. Deita-se aos meus pés e prepara-se para receber sua dose cotidiana de carinho. Eu me submeto. Raça superior é isso aí.

5. Em busca da paz

Férias! Quem vai viajar costuma ser acometido pela síndrome de mudança de vida. Basta sentir um cheirinho de mato ou uma brisa marinha para querer jogar o emprego, os compromissos e a rotina cheia de horários para o alto. É o sonho de morar fora da cidade. Quer-se largar tudo e viver no campo ou na praia, mergulhado em silêncio e tranquilidade. Um casal de amigos tinha um sítio na cidade de Ibiúna, em São Paulo, conhecida por seu clima ameno, onde esperava passar a velhice.

Casa simples e três cachorros, que a dona chamava carinhosamente de "meus filhos peludos". Acabaram sequestrados juntamente com os caseiros. Os "filhos peludos" mantiveram-se a distância, abanando o rabo para os meliantes. Os reféns ficaram presos em uma casa, no meio da mata. Apavorados. A família não poderia pagar um resgate, nem que fosse dividido em suaves prestações. A certa altura, os bandidos saíram. Meus amigos conseguiram abrir uma janela. Saltaram. Ela torceu o tornozelo. Fugiram pelo mato, morrendo de medo das cobras e de outros bichos, ou de ficarem perdidos para sempre.

Gente urbana imagina que toda mata é semelhante à selva amazônica. Desaguaram em uma chácara quilômetros adiante. Ainda tiveram de fugir dos cães de guarda. Esses, sim, furiosos!

E montar um restaurante à beira-mar? Conheço uma penca de gente que lá pelos quarenta anos almeja ser dono de bar ou restaurante. Imaginam que basta ficar bebendo e comendo com os fregueses e passar a vida dando risada. Acompanhei um casal durante todo o processo. Ela murmurava:

— Vou servir umas comidinhas caseiras tipo feijão gordo, arroz bem soltinho, mandioca frita. Quem não vai gostar?

Eu fazia a pergunta desagradável:

— Quem vai fritar a mandioca?

Mal arrumaram o ponto, em uma praia distante, ela descobriu a resposta. Acorda todos os dias às quatro da manhã para fazer bolos para o café da manhã e botar o feijão no tacho. Os cabelos, antes lavados com xampu, transformaram-se em uma massa envolta em óleo de cozinha. Lá está ela, a postos, quebrando ovos, fritando, cortando, temperando e brigando com os garçons. Ele se esfalfa no caixa e reclama das costas! Ao se deitarem, moídos de cansaço, suspiram pelos tempos no asfalto. Iam ao cinema. Liam. Podiam sentir preguiça! De suspiro em suspiro, a esperança tomou outro rumo. Puseram o restaurante à venda!

Eu tenho uma chácara simples em condomínio. Mas já pensei em ter algo maior, plantar verduras, ter vacas para tirar leite morninho. Fui para o sítio de um amigo com o objetivo de comprar um pelos arredores. Passamos o dia com o corretor. No primeiro, para chegar à casa era preciso atravessar o estábulo no meio das vacas, com o risco de levar uma chifrada. Outro, lindo, repleto de buganvílias, era na beira da estrada. Mais barulhento que morar ao lado de uma fábrica! Dormi no sítio onde fora convidado. Os cachorros latiram embaixo da minha janela até o amanhecer. Passei a noite desejando estar no meio de um belo congestionamento! Nem tudo está perdido. Finalmente, descobri uma pessoa que quase conseguiu realizar o sonho de ser feliz. Uma antiga colega de escola, Eugênia. Mudou-se para uma tranquila cidade praiana. Trabalha como tradutora. Escreveu alguns livros. O último narra sua vida na praia, divertida e... bem, não tão pacífica assim! Durante as férias sua casa fica invadida por parentes, amigos, amigos dos amigos. Passa o verão preparando cafés da manhã, almoços, secando toalhas e lavando o chão. Vive na praia, mas fica aterrorizada diante da chegada do sol, porque com ele chegam os hóspedes! Realizou o sonho, mas está sempre torcendo pela vinda da chuva e do mau tempo. Que vida! Já não se fazem mais sonhos como antigamente! Férias são boas quando são simplesmente férias!

6. Eu, cidadão

Como bom cidadão, decidi racionar meus gastos com energia elétrica. Chamei a empregada:

— Você está proibida de tomar banho aqui em casa.

— Mas o senhor quer que eu vá embora suja?

— Quando for para casa, você vai ter de pegar um ônibus lotado. O primeiro banho terá sido inútil, pois terá de tomar outro ao chegar. Economize!

Ela me olhou raivosamente. Com certeza não economizou pensamentos!

Lembrei-me dos conselhos de um avô, segundo os quais banhos frios ajudam a manter a pele elástica. Abri o chuveiro. Ai, que frio! Saí pelo banheiro saltitando como uma rã.

Conversei com meu *personal trainer*.

— A esteira gasta muita energia elétrica — disse ele.

— Você substitui eliminando o elevador.

Moro no 12º andar. Quando cheguei ao terceiro, minhas pernas latejavam. No quarto, eu me agarrava às paredes como uma lagartixa. No sexto, bati na porta da vizinha, pedindo socorro. As panturrilhas duras recusavam-se a dar mais um passo que fosse! De qualquer maneira, funcionou. Com as pernas em chamas, nem penso em voltar à esteira!

O micro-ondas está criando teias de aranha. É para economizar energia elétrica, pois bem! Deixei de lado as refeições dietéticas adquiridas em supermercados e comecei a usar o fogão a gás... Chafurdei em salsichas com mostarda. Fiz um bolo de cenoura com calda de chocolate. Ganhei dois quilos, mas sem peso na consciência. Tudo pelo racionamento!

Luz, só para ler. Outro dia recebi visitas de amigos no escuro.

— Assim não consigo enxergar o seu rosto — reclamou uma amiga.

— Vamos nos contentar com uma conversa agradável, sem olhar um para o outro — retruquei.

Não ofereci café, pois minha cafeteira é elétrica. Sugeri:

— Aceita um refrigerante morno?

Os visitantes fugiram em quinze minutos!

Aposentei um antigo e heroico *freezer*. Era meu orgulho. Tem bem uns dezessete anos. Aparelhos velhos gastam mais.

— A gente podia criar abelhas dentro dele — propôs o caseiro da chácara.

Para tudo há um novo uso. Não seria o impulso para me transformar em um grande produtor de mel? Botamos o *freezer* encostado na cerca, esperançosos de que abelhas pertencentes a algum movimento das sem-colmeia se instalassem. Dois dias depois, ouvimos um barulhinho.

— Não disse que elas vinham? — comemorou o caseiro.

Fomos espiar cautelosamente. Dependurado nas grades havia um bando de... morcegos! Fugimos.

Na chácara há uma piscina. Proibi a limpeza.

— Como o senhor vai nadar?

— Não vou, neste frio.

A água começa a esverdear. Tento agora descobrir como evitar a dengue.

Só temos um problema: o cortador de grama.

— Se eu não cortar, isso aqui vira mato — reclamou o caseiro.

Resolvi comprar uma ovelha. Nada mais útil. Poderia pastar e ainda fornecer nutritivos litros de leite. E lã, caso eu encontrasse alguém capaz de fiar e tecer. Foi difícil. Tive de ir até perto da cidade de São Roque, onde consegui uma linda e econômica ovelhinha. Mal cheguei, o cachorro rosnou.

— É cão de caça, ele vai querer comer a ovelha.

Não deu outra. O caseiro passou dias de pavor tentando impedir os instintos selvagens do cão. A ovelhinha tremia, e nada de comer a grama! Para sobreviver, teve de dormir presa na cama do caseiro. Está sendo devolvida. Foi um prejuízo. Mas espero recuperar na conta de luz!

Parei de ouvir música. Para me distrair, canto em voz alta. Assim, além de evitar o meu consumo, evito o dos vizinhos.

Para minha surpresa, me falaram de um abaixo-assinado que está circulando. Ainda não chegou até mim. Já ouvi um zum-zum-zum falando também em camisa de força.

Nem sempre uma atitude cívica é bem compreendida! O bom cidadão é, antes de tudo, um mártir!

7. O automóvel

Quando papai comprou nosso primeiro carro, mamãe decidiu:

— Vou tirar carta de motorista!

Eu era criança. Não era comum que mulheres dirigissem. Mamãe tinha alma pioneira. Por exemplo, trabalhava fora, enquanto suas amigas se conformavam em ser donas de casa. Morávamos em uma cidade do interior. A auto-escola só tinha um jipe. Começaram as aulas. Comigo no banco de trás, as mãos agarradas na capota. O jipe dava solavancos e rodopiava pelas ruas. O instrutor estava aterrorizado.

— O freio, o freio! Pise no freio!

Mamãe se confundia. Enfiava o pé no acelerador. Ela gritava. O instrutor gritava. Os pedestres corriam. Entre as façanhas, arrancou a porta de um Karmann Ghia, carro que era a última moda na minha infância. Na última aula antes do exame, arrasou a entrada do mercado municipal. Repetiu duas vezes. Na terceira, o examinador tremia:

— Mais devagar! Assim a senhora enfia o carro em uma árvore.

Surpreendentemente, ganhou a carta. Talvez para não assustar novamente os examinadores. Seu idílio automobilístico não durou muito. Papai perdeu o pouco que tinha. Mudamos para São Paulo com uma mão na frente e outra atrás. Carro? Nem pensar. Ficou mais de dez anos sem dirigir. A vida melhorou. Minha cunhada ofereceu o volante.

— Só para ter o gostinho.

Entrou atrás de um caminhão parado.

Mais uma temporada de exílio automobilístico. Papai se recuperou financeiramente ao montar um pequeno estacionamento. Todas as manhãs, lá estava mamãe, gordinha, de chapéu de homem na cabeça, dando ordens aos manobristas.

— À direita! Vira... vai que dá, vai que dá!

Só havia uma condição. Não fazer manobras ela mesma. Seria impossível pagar os prejuízos. O incrível é que papai não gostava de dirigir. Desistiu de ter automóvel. Mamãe olhava os modelos. Sonhava. Mudaram-se para Santos. Tempos depois, papai faleceu. Para surpresa de toda a família, mamãe arrumou um namorado, aos sessenta e quatro anos. Perguntei, cauteloso, a idade do príncipe encantado.

— Sessenta e três.

Suspirei aliviado. Se fosse trinta, aí, sim, eu ficaria bem preocupado.

Nunca se viu um casal tão apaixonado. Era um senhor aposentado, de índole calma. Mamãe me contou:

— Sabe, ele está pensando em comprar um carro.

— Mãe, quem é doida por automóvel é você! Convenceu o velho?!

— Não tenho o direito?

Tinha. Juntaram as economias. Foram para São Paulo. Compraram um bom automóvel usado no sábado de manhã. Pegaram a serra. Na curva, havia óleo na pista. Derraparam de leve. Pararam. Um policial se aproximou.

— Deixem o carro aí, já vamos ver. Venham para cá, por causa da curva.

Mal se afastaram caminhando, outro carro veio voando na curva. Derrapou também. Voou em cima do automóvel. O que sobrou provavelmente dava para levar em uma sacola.

Não tinha seguro. Perda total. Revoltada, mamãe não se conformava:

— Não ficamos mais do que uma hora com o carro!

Tentei confortá-la.

— Mamãe, quem sabe seu destino é não ter automóvel.

— Que conversa é essa de destino? Eu não me conformo! E vou ter!

Teve. Meses depois, comprou novo veículo em sociedade com o namorado. Eu e meus irmãos demos uma força. Que felicidade! Subiam a serra só para comer um filé. Só se tornou um pouco ressabiada.

— Ele dirige muito bem — contou, referindo-se ao grisalho. — Às vezes tenho vontade de pegar a direção, mas não gosto da serra.

Mas às vezes sinto um aperto no coração, pensando nas histórias dela. Partiu há dois anos, doente, e me dá tanta saudade! Contraditoriamente, tenho também uma sensação de alegria. Mamãe conseguiu seu carro. Felizmente, eu a ajudei a realizar seu sonho.

37

8. Culinária afetiva

Certos pratos são tão importantes quanto um abraço de amor. Nunca esquecerei do pudim de queijo de minha avó. Era uma grande cozinheira essa avó. Seu pudim de leite era massudo, com queijo parmesão. Havia um delicioso contraste entre doce e salgado. Até hoje, quando me oferecem pudim, eu aceito, na esperança de recuperar o mesmo sabor. Nenhum neto esqueceu essa avó, que nas épocas festivas enchia a mesa com cabrito assado, leitão, frangos recheados com farofa, doces de todo tipo. Entretanto, os filhos e noras — meus pais e meus tios — temiam a cozinheira. Inexplicavelmente, certa vez minha avó confundiu parte da farinha com veneno em pó e quase matou a família inteira com uma fornada de rosquinhas. Salvaram-se as crianças por serem muito pequenas. Só comiam papinha. Desde então os adultos viviam ressabiados cada vez que ganhavam uma lata de biscoitos de anis. Eu, nunca! Fico com vontade é de reencontrar esse sabor. Basta comer um bom pudim para sentir o calor dos beijos e abraços de minha avó.

Minha mãe fazia pão. Se ficava nervosa, ia para a cozinha surrar a massa. Eram pães gordinhos como pés. Bons para comer quentinhos, com manteiga e café. É uma receita difícil de encontrar. Ainda bem. Seria incômodo começar a fungar diante de cada pãozinho francês que me aparecesse pela frente.

A filha de uma amiga adora gatos. Compartilha a ração dos felinos. Garante que tem um agradável sabor de peixe. Amo meus cães. Mas ainda não sou capaz de roer um osso. Quem sabe com terapia eu consiga vencer essa última resistência.

Inesquecível também foi a primeira vez que vi a vizinha fazer bala de coco. A massa branca rolando de um braço para o outro. Juro. Não há coisa mais linda. Uma empregada da minha infância fazia um ovo frito perfeito. A clara branca e a gema rosada no meio. Dá fome só de lembrar. Também não vou esquecer da primeira vez em que cozinhei para os amigos. O objetivo: frango ao molho *roquefort*. Diretamente do livro de receitas. Por engano, comprei um galo. Parecia um frango gigante. Achei bom. Observando melhor, concluí que era um galo. Em pleno domingo de manhã, saí caçando um frango. Consegui segundos antes de os convidados chegarem. Cortei e temperei às pressas. Acendi o fogo. Segundos depois, acabou o gás. Ah, os botijões! São incontroláveis! Não tinha reserva. Saímos todos batendo nos vizinhos, pedindo gás emprestado. Nada! Lembrei de um fogãozinho de acampamento que eu tinha. Lá ficou o frango horas e horas. Os convidados rugindo de fome. Ao ficar pronto, todos se atiraram na panela como lobos. Até hoje não sei se era bom ou ruim, de tão nervoso que estava. Foi, sim, um começo primoroso! Convidados famintos sempre elogiam o cardápio, haja o que houver!

Entre todos os pratos, jamais esquecerei de uma torta que comi em uma viagem. Era um grupo de jovens hospedado em um antigo internato japonês. Todos os dias tomávamos banho de ofurô, em grupo. Um dia, os rapazes iam primeiro, no outro as garotas. Certa vez elas demoraram tanto que as esperamos do lado de fora, com toalhas molhadas. Foi uma perseguição, com todas correndo, gritando, segurando as próprias toalhas, e os rapazes dando sustos aos berros. No jantar do dia seguinte, uma torta verde, deliciosa. Comi vários pedaços, guloso. Ao final, a revelação.

— A torta é de capim!

Riram, vingadas!

Essa torta de capim ficou para sempre, com esses dias gloriosos no campo. Em culinária, o afeto e os momentos são sempre um tempero sem igual. Comida boa é a que fica no coração.

9. O pinheiro

Há muitos anos tive um Natal especialmente feliz. Eu e um grupo de amigos nos reunimos para fazer uma ceia em minha chácara. Cada um ficou encarregado de um detalhe. Uma semana antes dei pela falta:

— E a árvore?

O bando de gulosos, de tão entusiasmado em discutir cardápio, achar receitas, comprar bebida, nem se preocupara com um detalhe tão prosaico e ao mesmo tempo tão natalino. Houve quem dissesse que árvore não precisava ter. Insisti:

— Natal sem árvore não dá.

Sou meio romântico, apegado a certas deliciosas tradições. Quando eu era criança, meus pais tinham uma árvore de penas verdes (acreditem), precursora das de plástico. As bolas coloridas, capazes de quebrar ao menor toque, ficavam guardadas o ano todo, envoltas em papel de seda. Em cima colocava-se um ponteiro brilhante e, em torno dos galhos, festões prateados cobertos com discutíveis pedaços de algodão branco. Uma vizinha fazia um presépio famoso no bairro. As figurinhas de cerâmica, pintadas. Um espelho fazia as vezes de rio. E grama, grama de verdade, colocada sobre uma tênue camada de terra, deixando o presépio cheio de vida. Eu, por mim, continuaria acreditando até em papai-noel. Seria ótimo bater o pé, anunciar o presente desejado e ficar fazendo caras e bocas até ganhar. Entretanto,

a verdade me foi revelada lá pelos sete anos, quando insisti em ganhar um cavalo de corrida. Tanto chorei quando o cavalo não veio que minha mãe não teve alternativa a não ser revelar a triste realidade. O papai-noel que cabia no orçamento familiar não abarcava cavalos. Mas da árvore eu nunca quis abrir mão.
 Um amigo saiu em busca de um pinheiro verdejante. Demorou horas. Voltou com uma árvore raquítica e torta.
 — Mas que pinheiro pavoroso! — reclamei.
 — Bati em vários lugares, ninguém mais tinha. Achei este. Pelo menos o homem deu desconto.
 Era uma tristeza enfeitar aquele pinheiro tortinho. Compramos umas bolas, inventamos uns laços de fitas, botamos umas luzinhas. Minha mãe veio passar com a gente e, na véspera, quando todos estavam cozinhando, ela dedicou-se a conferir se alguém bebia.
 — Não beba nada, senão vai deixar o pernil queimar! — anunciou a uma amiga.
 O pudim de outra amiga desandou. Inventei uma salada estranhíssima, que todo mundo experimentou por educação, de nariz torcido. Eu mesmo comi para disfarçar, mas estava péssima! Entretanto, o pernil e a farofa estavam excelentes. Bebemos, comemos, trocamos presentes e rimos muito! Para minha surpresa, as pessoas não ficaram o tempo todo correndo de um lado para o outro. Sim, porque na maioria das vezes a ceia de Natal é parecida com uma estação de metrô, com uma porção de gente entrando e saindo. Há quem chegue atrasado porque precisou dar uma "passadinha" na casa de não sei quem. E há quem saia voando, sem comer direito, rir ou desfrutar, para ir a outra casa, onde alguém pode ficar "chateado".

No dia seguinte um grupo ainda se encontrou para desfrutar as sobras. Dias depois o pinheiro continuava lá, com as fitas já meio caídas. Pensei em jogar no lixo. Hesitei. Afinal, estava vivo, não estava? Achei que plantar uma árvore era um bom sinal para o novo ano. Eu estava na minha chácara. Decidi. Peguei a enxada. Abri uma cova em frente da casa e botei o pinheiro, o fundo da lata cortado. Achei que não fosse para a frente. Para minha surpresa, continuou crescendo bem devagarinho, ano após ano. Certa vez, uma visita comentou:

— Meu avô dizia que, quando o pinheiro ultrapassa o telhado, o dono da casa morre.

Sou supersticioso. Quase peguei o machado para cortar. Resisti, suspirando:

— Deixo nas mãos do destino!

O pinheiro já está bem mais alto que o telhado e eu continuo aqui. Minha mãe se foi. Muitos daqueles amigos tomaram outros rumos, e o nosso Natal em comum é uma vaga lembrança. Estranhamente o pinheiro cresceu de um jeito torto, com o tronco fazendo uma curva, pendendo para um lado. Mesmo assim, encontrou um equilíbrio — como talvez todos nós, em situações de dificuldade. Ficou enorme e majestoso. Ao olhá-lo, sinto sempre um calor no peito. Não só pela lembrança, mas também pelo sentimento de continuidade. Em datas especiais, como Natal e Ano-Novo, é essa a grande sensação. A alegria de enfeitar uma árvore. Os amigos que se foram e os que estão chegando. Os laços. A troca. A felicidade de estar ao lado de quem a gente gosta. E a vida, que se renova.

10. Desculpa esfarrapada

Sempre fui dorminhoco. Adoro acordar tarde. É o tipo de coisa malvista por possíveis empregadores. Em época de vacas magras eu instruía o pessoal de casa a dizer, todas as vezes que alguém ligasse: "Ele está no banho".
Nada mais prático. Quem está no banho não atende telefone. O problema é que às vezes a pessoa ligava várias vezes, hora após hora. A resposta, invariável. No banho.
— Será que ele não se afogou embaixo do chuveiro?
— vinha a pergunta irônica.
Ou batiam o telefone.
— Se ele não quer me atender, por que não diz de uma vez?
Ganhei a fama de ser o homem mais limpo da cidade. O Sabonetinho, como diziam! Mas, nessa era de celulares, de comunicação rápida, como me safar?
Faço terapia todas as sextas-feiras. Quando estou esperando alguma ligação importante, deixo o celular ligado. Às vezes, não reconheço o número no visor. Em dúvida, atendo. Já tentei mil vezes explicar:
— Estou no meio de uma consulta e...
Que adianta? A pessoa continua falando, falando! Agora uso o estratagema do túnel.
— Ih! Olha, estou no meio do trânsito... Ih! Estou entrando em um túnel, se a ligação cair... Ih! Não estou ouvindo mais nada, alô, alô. Ih!, Ih!

Desligo, enquanto o interlocutor se esgoela do outro lado.

Muita gente usa a estratégia, de tão boa. Já está ficando velha.

Antes da revolução das comunicações o interurbano funcionava como desculpa. Bastava mandar dizer:

— Ele está em um interurbano.

Falar com outra cidade era complicado. Todo mundo compreendia. Nesta era de DDD e DDI facilitados, é uma desculpa esfarrapadíssima! Mas a desculpa do chefe ainda funciona.

— Sinto muito, ele está em reunião com o diretor — diz alguém para me ajudar.

Dá certo e confere *status*. Reunião privada com o diretor não é para qualquer um. Podem ligar vinte vezes no dia. Quanto mais longa parecer a reunião, mais importante será o cargo. A não ser que venha um rugido do outro lado:

— Invente outra. Quem está falando sou eu, o diretor. Afinal, onde é que ele está?

Há outra que está entrando em moda.

— Liguei o dia todo e você não atendeu.

— Mas eu estava em casa. Houve um problema nas linhas telefônicas de todo o bairro. O celular saiu do ar também. Ficamos incomunicáveis.

A estratégia costuma provocar um gesto de solidariedade. Raios, trovões, ventanias. Tudo mexe com as linhas. Bateria do celular que pifa também é outra. A pessoa está doida para se livrar. Então começa:

— Oh! A bateria está pifando... Olha, se a ligação cair, depois eu ligo.

E bate o telefone na cara do outro, a salvo!

Excesso de trabalho também funciona. O problema é quando uma desculpa óbvia se contrapõe a outra mais óbvia ainda. Como quando o casal se encontra, depois de um cano.

— Desculpa ter deixado você esperando ontem à noite, querida. Surgiu um projeto superurgente, fiquei até tarde trabalhando. Nem me aguento em pé — diz ele, aproveitando para disfarçar as olheiras causadas pela balada.

— Ah, meu amor, eu até fiquei preocupada! Houve um problema nas linhas do bairro. Para cúmulo, a bateria do celular pifou. Então... se você tentou ligar... — responde ela, inocentemente.

Os dois se olham, imperturbáveis. A desculpa dela equivale à dele! E agora?

A sorte foi que não deram de cara um com o outro na balada!

Os tempos mudam. A tecnologia dos pretextos evolui. A desculpa ganha roupa nova. Mas dificilmente muda a aparência. Desculpa que é desculpa sempre tem jeito de esfarrapada!

11. Perder peso e entrar em forma?

Para andar na moda já não basta usar esta ou aquela roupa. É preciso ter o corpo certo, malhado para eles e elas. Uma tragédia para os barrigudinhos como eu. Tenho um amigo que passa três horas por dia na academia. Sai do trabalho e corre para os abdominais, para os alongamentos, para o levantamento de peso. Está com peito de pombo. Outro malhou tanto que os bíceps parecem dois pernis. A cabeça fica enterrada nos ombros como uma coruja. Ambos sentem-se orgulhosos como gaviões. Uma conhecida passa os dias malhando. O corpo, enxuto, não combina com os vincos do rosto e com o nariz em forma de guarda-chuva. Às vezes dá a impressão de que fez um implante de cabeça.

Fazer exercícios é bom. O duro é que virou obsessão. Tenho uma amiga que passa as noites pedalando numa bicicleta ergométrica enquanto vê as novelas. Outra comprou uma esteira a prazo, que agora enfeita seu dormitório, com uma porção de roupas dependuradas. Virou cabide. O filho de outro amigo começou a se queixar de gordura. Entrou em pane, até convencer o pai a adquirir a bicicleta ergométrica mais cara do pedaço. Uma maravilha, colocada no terraço do apartamento. Mal chegou, atirou-se sobre ela e pedalou quinze minutos, feliz. Nunca mais a usou. Está lá, no terraço, tomando chuva.

O pior é que qualquer rapaz musculoso, qualquer pantera malhada age como se fosse um ser oriundo das estrelas. Vão às festas de camiseta, com jeans e roupas colantes. Se eu apareço com um paletó folgado para disfarçar o abdome, observam-me, fiscalizando. Fico me sentindo como se fosse um objeto em exposição.

Confesso: resolvi fazer ginástica, recentemente. Tentei o *personal trainer*. Ou seja, um professor de ginástica particular, até que eu pegasse o ritmo. Mal começamos, ele me deitou numa espécie de cadeira de dentista forrada de preto e me deu uma barra com pesos nas extremidades, a ser erguida vinte vezes. Ergui uma vez, foi fácil. Duas, mais ou menos. Na terceira, o coração batia no nariz.

— Estou velho, já não posso mais! — reclamei.

— Continue erguendo, ou a barra cai no seu queixo — ele avisou didaticamente.

Nos abdominais foi pior. Eu contava, e logo chegava aos trinta. Quase mordi o joelho, de tanto nervosismo. Depois o instrutor me pendurou num aparelho de alongamento. Fiquei de pernas abertas, barriga para a frente e mãos agarrando uma barra de madeira, logo atrás.

— Esse exercício tira barriga.

— Então o melhor é me algemar aqui até amanhã, pra perder a barriga de uma vez! — implorei.

Com um sorriso de desprezo, ele terminou a aula.

— Se amanhã você conseguir se mexer, mantenha a rotina e faça mais alguns exercícios — despediu-se.

Desde a primeira aula, bastava olhar no espelho para me sentir um atleta. Assim, continuei com o sofrimento.

Aulas depois ele começou a colocar pesos nos pés, que eu deveria erguer ritmadamente. Dava a impressão de que os dedos iam cair no chão. Meus amigos, só elogios:

— Agora você vai sentir mais vitalidade.

Eu sentia sono só de ouvir a palavra vitalidade. Fui me pesar, esperançoso. Dois quilos extras.

— É massa muscular — disse o malvado.

Tanto esforço para engordar? Preferia ter devorado quilos de chantili. Mesmo assim, persisti no sacrifício.

Outro dia peguei uma revista de moda internacional. Até agora essas revistas eram pródigas em exibir manequins até quarentões, mas sempre com peitorais e bíceps expressivos. Surpresa! Em todas, modelos longilíneos, magros, cabelos compridos e ar romântico.

— O homem musculoso está saindo de moda! — pontificou uma amiga estilista. — O bom agora é o tipo dândi, bem magro.

Pensei nos meus amigos nadando, jogando tênis, malhando. O que vão fazer agora? Trocar de corpo? E eu? Corri para a frente do espelho. Examinei: meus braços estavam começando a ficar com aquele jeitinho de quem faz ginástica! Ih!

É isso aí. Até quando entro em forma fico fora de moda!

12. Adeus ao fogão

Sento à mesa com o estômago dançando rumba, de tanta fome. Há quarenta minutos, eu, minha cunhada e as duas sobrinhas esperamos a feijoada descongelar. A carne-seca, o toucinho e o paio imersos no caldo negro são, finalmente, apresentados. Encho o prato, degusto a primeira garfada. Puro sabor de asfalto. As duas sobrinhas quase desmaiam de enjoo, enquanto minha cunhada dá o veredicto:
— Queimou.
Um sentimento de tragédia paira no ar. Como é sábado, o expediente da doméstica já acabou. As três sabidonas mal sabem fritar um ovo. Proponho fugir para um restaurante. Concordam, entusiasmadas. Apenas uma ressalva, da mãe:
— Só que estou sem cartão...
Submeto-me. Saímos em direção ao mais próximo. Na porta, o namorado da sobrinha mais velha incorpora-se ao cortejo. Chegou tarde, mas em jejum! Pouco depois, com a cabeça enfiada em tigelas de feijão-preto, conversamos. Estou surpreso: não sabem cozinhar nem para emergência?
— Uma vez eu fiz uma sopa num acampamento na praia — conta uma. — Mas de pacotinho!
É uma constatação: as mulheres andam com orgulho de ficar longe das panelas. As conquistas femininas implicam quebrar os grilhões que as prendiam ao forno e fogão.

Fico impressionado com o número de mães executivas que criam seus rebentos à base de salsicha e hambúrguer. Essa geração acha vantagem confundir berinjela com abobrinha. As que cozinham melhor são especializadas num único prato. Conheço uma garota que adora fazer frango no azeite. Afoga peitos e coxas numa fôrma repleta de óleo e deixa no forno até secar. Se algum convidado tiver colesterol alto, morre no jantar. Outra se sente o máximo quando coloca um macarrão com consistência de chiclete na minha frente. Dou uma garfada e meus dentes ficam presos no prato.

— Gosto assim, bem molinho — explica a especialista.

Não é à toa que um número crescente de homens descubra talentos culinários. Engano imaginar que é vocação. Trata-se de pura sobrevivência. Afinal, a maior parte dos mancebos da mesma geração foi criada por mães esplendorosas, capazes de passar uma tarde inteira enrolando brigadeiros para a festinha de aniversário. Quando se casam, enfrentam os sinais do avanço da luta entre os sexos. Um amigo recém-casado geme:

— Ela só sabe fazer estrogonofe. Nos finais de semana, dá-lhe estrogonofe. Cada vez que vejo os pedacinhos de carne boiando no molho tenho vontade de chamar minha mãe. Outro dia pedi para ela fazer um bolo. Saiu um pedaço de cimento. Reclamei, chamou-me de machista!

— Sua mulher trabalha?

— Ainda não... Pensamos em ter um filho. Morro de medo de ter de passar as noites esquentando mamadeira. Ela é incompetente até para fazer café!

Algumas, mais cruéis, vivem fazendo regime e submetem o marido a ele. Um rapaz começou a afinar. Quando estava quase despencando, revelou:

— No jantar, só salada de alface e cenoura ralada. Ela emagreceu, eu sumi. O pior é que me faz ralar as cenouras, para não quebrar as unhas. Às vezes acordo no meio da noite sonhando com um filé-mignon!

Sei que muitas mulheres ficam uma fera com esse tipo de crítica.

— Não temos nenhuma obrigação de saber cozinhar! — insiste qualquer garota pós-moderna.

Em termos de avanço social, seria fundamental transformar o arroz em mingau e o bife em sola de sapato? Hoje em dia, a figura da doméstica de forno e fogão, escravizada no emprego, tornou-se cada vez mais rara. Digam o que disserem as feministas de última hora, dietas à base de pizza com gosto de papel não são uma forma de felicidade.

No último Natal, quis agir com sutileza. Minha prima se descabelava porque perdera a empregada de muitos anos. Ofereci-lhe um livro de receitas. Meses depois me convidou para jantar. O menu: comida chinesa, entregue em casa. Surpreendi-me:

— E o livro?

— Estou lendo! — respondeu alegremente.

— Não é um romance para ler! É para fazer! — rugi.

Ela me encarou, magoada. Mesmo assim, pretendo continuar com a estratégia. Quando alguma amiga executiva faz aniversário, presenteio com *Dona Benta, A maravilhosa cozinha de Ofélia* e outras preciosidades do gênero. Pode ser até que não dê certo. Mas adoro ver a expressão de susto quando abrem o pacote! Então, agora não vai mais ter desculpa?

13. O mestre da faxina

Subitamente, minha faxineira desapareceu. Deixou chinelos, avental e um radinho sem pilha. Três semanas depois, resolvi:

— Eu mesmo vou limpar o apartamento!

Peguei um saco de lixo, botei dois coadores de café usados, a casca de uma mexerica e algumas torradas secas. No processo, um pedaço de torrada caiu no chão. Esmigalhei-a com o pé sem querer. Observei horrorizado os pedacinhos se espalharem pelo piso.

— Não tem importância, depois vou lavar o chão.

Joguei o lixo. Voltei. Abri a geladeira. Duas cenouras mumificadas me observavam. Retornei ao lixo. Foram dez idas e vindas. Sempre esquecia alguma coisinha! Finalmente, encarei a cerâmica da cozinha. Originalmente, é branca. A alvura ocultava-se sob manchas marrons, vermelhas e cinzentas. Passei a vassoura. As manchas continuavam lá. Tocou o telefone.

— Estou às voltas com a vassoura — expliquei sorridente.

— Vai voar? — perguntou meu interlocutor.

Desliguei e voltei à cozinha. Tinha espalhado as migalhas de torrada por todo o trajeto. Achei melhor me concentrar e pensar na sala mais tarde. Cautelosamente, espalhei o líquido limpador multiuso no chão. Puxei a sujeira com o rodinho. As manchas desapareciam magicamente!

— Venci as faxineiras — comemorei.

Só então descobri estar do lado oposto à porta. Ao voltar sobre a área limpa e molhada, na ponta dos pés, minhas botas espalharam marcas pretas, bem redondinhas. Dava a impressão de que uma cabra havia passado por lá. Suspirei. Tirei as botas, de borracha, claro, porque não queria molhar os pés, e as meias, e arregacei as calças. Joguei limpador de novo. Puxei com o rodinho, dessa vez ao contrário. Trouxe uma horrível borra cinza até a porta da sala. Quando ia atingir meu tapete persa, corri até a pia, peguei um pano e ajoelhei-me para eliminar a borra. O pano estava imundo, emporcalhei tudo mais ainda. Pior: meus joelhos também se sujaram e minhas calças começaram a ficar com manchas aqui e ali. Não tive dúvida: tirei a roupa toda.

— O melhor é ficar nu — concluí, embora, é claro, nunca tenha visto uma faxineira trabalhando pelada.

Retornei à pia, tentei lavar o pano. A pia entupiu. Corri para o banheiro, acrescentando mais marcas no chão. Molhei e torci o trapo. Mais limpador. Notei que as casquinhas da torrada, apesar de todo o meu empenho, pareciam ter colado na cerâmica. Agachei-me e, com a ponta das unhas, fui tirando uma por uma. Até quase enlouquecer. Quis chorar. Pus a mão nos cabelos, e o líquido de limpeza começou a escorrer pelo meu rosto. Espirrei. Joguei água por tudo, espalhei sapólio e passei o rodinho. Meus pés arderam. Ao puxar os detritos, eles voaram no tapete persa. Deitei-me sobre o tapete para caçar os pontinhos de sujeira. Nesse instante, o rodinho escorregou e caiu em direção ao ralo. Na batida, uma poça d'água explodiu. Com fúria, agarrei o pano e passei em cada milímetro do piso. Desmaiei no tapete, exausto. Olhei a cozinha. Surpresa! O piso estava limpo! Suspirei, quis tomar um café. Duas gotas negras caíram da xícara. Desesperado, quase lambi o chão. Limpei com meu próprio lenço. Respirei profundamente, senti minha franja grudada nos cílios. Uma mancha de sapólio se instalara na minha barriga! Corri para a ducha. Adormeci pensando como seria fascinante limpar a sala, no dia seguinte.

De manhã bem cedo, a faxineira reapareceu, com uma história complicadíssima. Quase beijei seus pés. Sempre desdenhei os trabalhos domésticos. Quando ouvia alguém falar em ser dona de casa, torcia o nariz. Já me arrependi. Francamente! Que trabalho sem fim!

14. Banheiros & Cia.

Um dos mistérios da arquitetura moderna é a importância dada aos banheiros. Há algumas décadas, um casarão tinha dois, no máximo três banheiros. Observo os anúncios dos apartamentos modernos. Propagandeiam o número de suítes. Quanto mais, mais luxuosos e mais caros. O número de banheiros faz a glória dos corretores. A sala pode ser pequena. A cozinha, minúscula. O quarto de empregada, equivalente a um armário — eu me pergunto quando as empregadas vão aprender a dormir de pé! Banheiros, há em profusão. Um apartamento de luxo médio possui três suítes, um lavabo e um banheiro de empregada. Em contrapartida, tem três dormitórios, sala dupla, cozinha, quarto de empregada. Cinco banheiros para seis cômodos! Casais modernos e abastados fazem questão de dois banheiros na suíte. Uma senhora me revelou:

— A razão pela qual nunca me separei é que meu marido tem o banheiro dele.

Isto que é matrimônio!

Os apetrechos também estão se tornando mais sofisticados. *Designers* criam louças assinadas. Sanitários com grife? Nunca pensei! Uma amiga comprou uma banheira com pezinhos, réplica dos antigos modelos vitorianos. Linda. Assim que instalou, quis inaugurar. Encheu. Botou essências. Entrou. Tentou sentar-se. Escorregou. A banheira era funda, ela, baixinha. Agarrou-se às bordas para não morrer afogada. Quis erguer-se. Patinou. Foi um custo. Quando conseguiu, a perna não ultrapassava a borda. Agarrou-se à parede. Os dedos deslizaram pelos azulejos. Quase dependurada no registro, conseguiu botar um pé para fora. Resvalou pelo tapete. Salvou-se por pouco. Quando me contou a aventura, observei:

— Você teve sorte. Do jeito que anda gorda podia ter entalado.

Agora está pensando em usar a peça para criar carpas coloridas.

Entrar no chuveiro ou afundar na banheira é um ato cada vez mais glamouroso. Nos *shoppings* há lojas e mais lojas em que o forte são os produtos para tornar o banho um ato de luxúria. Sabonetes com todo tipo de promessa. Uns relaxam, outros melhoram a autoestima, outros energizam. Como se o simples ato de limpar não fosse mais suficiente. Sal grosso aromatizado para tirar o mau-olhado e perfumar. Existem, até, umas bolinhas exóticas. Jogam-se na banheira e elas efervescem, soltando pétalas de flores. Alguns sabonetes também trazem flores incrustadas. Ganhei um. À medida que usava, foi surgindo uma margarida. Mais tarde, alguém comentou:

— O que você tem na orelha?

Eram pétalas. Também havia algumas em meus cabelos. Quando vi, estava arrancando pétalas de todo o corpo. O sabonete me transformara em um sachê! Comentei o fato com a amiga que me presenteou. Ela irritou-se:

— É um sabonete supernatural. Não serve para tomar banho.

— Poderia me explicar para que serve um sabonete?
— Esse é para levantar o astral. E, se não levantou o seu, o problema não é com o sabonete. É com você mesmo. Haja! Sabonetes também estão ganhando grifes! Os industrializados seguem a onda. Outro dia peguei uma embalagem que prometia vantagens adicionais. Vitaminas rejuvenescedoras, hidratação. Deu a impressão de que bastava usar três vezes para nunca mais pensar em cirurgia plástica. Rejuvenescimento e espuma, eis tudo. Mas a grande tendência vem do Japão. Banho em ofurô entrou em novela e em comerciais de televisão. Prova de que a moda está ficando mais forte que nunca. Quis experimentar. Toma-se um leve banho antes e entra-se numa tina escaldante. Nunca tinha conjugado o verbo ferver. Agora sei como se sente uma galinha que vai ser canja. Tentei levantar e sair. Avisaram:

— Relaxe. Aproveite! Descanse e elimine as tensões.

Insisti. Fervi mais um pouco. Só a cabeça de fora. Meu corpo ficando rosado. Comecei a lembrar de histórias de missionários capturados na África. Tenho um primo que é missionário. Ultimamente tem enviado cartas falando em fazer contato com uma tribo canibal. Talvez devesse convidá-lo para um banho de ofurô, para testar sua vocação. O fato é que saltei fora em exatos sete minutos e meio. Reconheço que fiquei aliviado ao sair. Qualquer ser humano relaxaria ao salvar-se da água escaldante.

Sempre fui do tipo antiquado, para quem um banho é um banho. Fervidas à parte, reconheço que sabonetes delicados, essências, flores boiando na água e toalhas felpudas têm seu charme. No dia a dia tão banalizado, um banho calmo, mas glamouroso, é quase uma experiência existencial.

15. Turista de imobiliária

Tenho alma cigana. Adoro mudar de casa. Reformar, nem se fala. O som dos martelos quebrando azulejos é música para meus ouvidos. Amaria ser corretor de imóveis. Assim, depois de trocar o endereço três vezes em quatro anos, resolvi vender minha nova casa. Doidice? Meu lar era um sonho. Rouxinóis, sabiás e rolinhas enfeitavam as árvores. Tantos pássaros que a barulheira até me irritava. Comia amoras do pé. Estava a cinco minutos da avenida mais movimentada da cidade, muito perto do centro. Só minha mãe fazia ressalvas:

— A casa tem escada. Quando estiver velho e com reumatismo, você vai ter dificuldade para subir.

— Mãe, ainda estou na casa dos quarenta.

Ela calava-se e assumia uma expressão sábia. A mesma de todas as mães quando acabam os argumentos, mas ainda sentem que têm razão.

Um dia acordei a mil. Chamei meu amigo José Antônio, dono de uma imobiliária, e pedi para avaliar a casa. No outro dia, a frente estava cheia de placas, e eu com um sorriso atarraxado.

É incrível como tem gente disposta a ver uma casa! Veio uma pintora. Mal entrou, lançou-se aos elogios.

— Meu lar, achei meu lar! Aqui será meu estúdio... Aqui...

Parecia disposta a se mudar na semana seguinte. Comecei a imaginar como torraria o dinheiro da venda. Pois, sim! Nunca mais vi a tal artista! Outra achava defeito em tudo. Desprezo total.

— Aquela parede está rachada — apontou com ar de especialista.

— É só o reboco.

Fez cara de quem duvidava. Eu me senti culpado, embora dissesse a verdade. Quase pedi:

— Desculpe-me por ter esta casa!

Arrasado, telefonei para a imobiliária:

— Não gostaria de fazer negócio com ela. Parece loucura, mas...

— Sabe da última? A madame mora em um apartamento pequeno e não tem onde cair morta. Gosta de fingir que é compradora para passear na casa alheia. É conhecida de outras imobiliárias! — contou a corretora Marilene.

Parece que é comum. Turista de imobiliária! E eu sorrindo, fazendo-me de bonzinho... Até ofereci café! Ah, que raiva!

Mais um candidato a comprador. Preparei um *tour* começando pela sala, depois pelos quartos. O problema era o quintal. Meu cachorro é um *husky* siberiano. Impossível prendê-lo. Escala muros e grades como gato. Morder não morde, mas é grandão. Estrategicamente, deixava para o fim.

— Bilu, bilu... Olhe que gracinha! Pode vir, ele não morde.

— Não sei... Tem uns dentões — reagia o interessado.

— Que é isso, olhe que árvore linda! Viu? Um passarinho! Voou, voou!

O candidato encarava o cão, apavorado. Devo ter perdido boas vendas por causa do salafrário! Um quarentão apaixonou-se pela casa. Trouxe a mulher, os filhos e a mãe. Fez uma oferta que lhe parecia vantajosa: pagaria em vários anos e daria uma quitinete como parte do pagamento. Quando neguei, ofendeu-se. Parecia estar fazendo um favor.

— Sua casa tem tijolo de ouro?
— Se não pode, não compre.

Poder, podia. Muitos compradores adoram imaginar que o vendedor está à míngua. Almejam raspar o tacho. Quase arranquei as placas. Dali a dois dias apareceu um casal. Viu a casa rapidamente. Achei que não se tinha impressionado. Meia hora depois, fez uma oferta. Logo fechamos. Conheci a família. Tem um filho pequeno que vai adorar o jardim e outro que pode ensaiar a banda na garagem. Ela já está planejando sua festa de aniversário. Fiquei feliz, porque sei que vão ser felizes. Agora vou mudar. Encontrei um apartamento. Já mandei quebrar os azulejos... Ah, o doce som dos azulejos quebrando. Tudo vai começar novamente!

16. Delírios de honestidade

Outro dia eu estava pensando em como seria o mundo se as pessoas fossem realmente honestas. Inclusive no mais prosaico cotidiano. Eu me imagino entrando em uma dessas churrascarias de luxo. Sento-me à mesa e peço um filé bem passado ao garçom. Ele me alerta:
— Não aconselho. O filé hoje está uma sola de sapato.
— Peço o quê?
— Peça licença e vá para outro lugar. Olhe bem o cardápio. Pelo preço de um bife o senhor compra mais de 1 quilo no açougue. Quer jogar seu dinheiro fora?
Vou para outro e escolho: salmão. O garçom:
— Se o senhor quiser, eu trago. Mas salmão, salmão, não é. É surubim, alimentado de forma a ficar com a carne rosada. Ainda quer?
— Neste caso fico com escargôs.
— Lesmas, quer dizer? Por que não vai catar no jardim?
Ou então entro numa butique de grife. Experimento um jeans, que está apertadinho na barriga. O vendedor aproxima-se:
— Ficou bom? Ah, não ficou, não, está apertado e não tenho um número maior.
— Acho que dá... ando pensando em fazer regime.
— Pois compre depois de obter algum resultado. Se bem que não sei, não... Essa barriga parece coisa consolidada.

— Eu quero o jeans. Quero e pronto!
— Não vou deixar que cometa essa loucura. Aliás, falando francamente, o que o senhor viu nesse jeans, que nem cai bem nas suas adiposidades? Só pode ser a etiqueta. Meu amigo, ainda acredita em grife?

Corro à casa de chocolates e peço um dietético. A mocinha no balcão:

— Confia nessa história de dietético? Ou só quer calar a sua consciência?

— E se eu quiser confiar, estou proibido?

— Pois saiba que engorda. Menos que o chocolate comum, mas engorda. E o senhor não me parece em condição de fazer concessões a doces. Não vou contribuir para o seu autoengano, jamais poria esse chocolate nas suas mãos. Vá à feira e peça um jiló.

Resolvo trocar de carro. Passeio pela concessionária, escolho:

— Este vermelho, que tal?

— O motor funde mais dia, menos dia — alerta o vendedor.

— Parece tão bonitinho...

— Desculpe, mas você acha que a lataria anda sozinha? Já alertei o dono da loja, este carro está péssimo. Fique com aquele.

— Mas é velho e horroroso!

— Pode ser, mas anda. Está decidido, leve aquele. E não discuta!

O embate com a honestidade absoluta também poderia ser numa galeria de arte.

— Gostei daquele — aponto o quadro à *marchand*.

63

— Está precisando de pano de chão?
— Não... é que... bem, posso não entender de arte, mas achei bonito.
— Sinceramente, o senhor não entende mesmo. Isto aqui é um horror. Não vale a tinta que gastou. Está exposto porque o dono da galeria insistiu. Leve aquele, é valorização na certa.
— Aquele? É muito sombrio... eu queria alguma coisa alegre e...
— Não insista. Sombrio ou não, vou embrulhar. Faça o cheque, é melhor pra você.

E numa loja de móveis? Mostro as cadeiras que me interessam. O decorador:
— É amigo de algum ortopedista?
— Está precisando de um? Posso indicar...
— Você é quem vai precisar. Essas cadeiras vão desmontar na terceira vez em que alguém se sentar. Fratura na certa.
— Caras assim e desmontam? Eu devia chamar o Procon.
— Se quiser, eu chamo para o senhor!

Pior seria alguma vaidosa querendo fazer plástica. O cirurgião examina:
— Hum... hum...
— Meu nariz vai ficar bom, doutor?
— Se a senhora se contenta em trocar uma picareta por um parafuso, fica! Agora, se ambiciona uma melhora significativa, o melhor é morrer e reencarnar. Pode ser que tenha mais sorte.

A paciente sai chorando.

Eu, que vivo me irritando com vendedores, chego a uma conclusão: quero comprar o jeans que aperta minha barriga, o chocolate que não emagrece e o quadro colorido. Deliciar-me com as pequenas fantasias. Feitas as contas, delírios de honestidade podem se transformar em pesadelos cruéis. Os pequenos enganos abrem as comportas dos pequenos sonhos e adoçam o dia a dia.

17. Medo da velhice

Há poucos dias eu estava no aeroporto, prestes a pegar a ponte aérea. Carregava a maleta um tanto pesada, com livros, agendas, remédio para o colesterol e tudo aquilo que dá medo de despachar e perder. Andei até o avião. Meu ombro doía. De repente me veio a sensação.

— O que farei quando for idoso e não der conta de levar este peso?

Foi desconfortável. À medida que fico maduro, tomo consciência de que a cidade é feita para quem está no auge da saúde, com força total. Não gosto de chover no molhado, e cair em saudosismo romântico, dizendo que antes era bem melhor. Mas há uns trinta anos eu quebrei o braço direito e andei de tipoia um bom tempo. Nunca havia imaginado que as pessoas pudessem ser tão simpáticas e solidárias. Sempre havia alguém para me ajudar a subir no ônibus ou carregar meus livros escolares. Ofereciam-me o lugar para sentar. Uma colega copiava as anotações da universidade no meu caderno. Agora parece que esse tipo de solidariedade automática, desinteressada, anda em extinção. São frequentes as reportagens sobre as peruas que não param para idosos. Quando saiu a lei do passe livre, minha mãe e minhas tias se divertiam visitando-se mutuamente. Sentiam-se especiais, bem cuidadas. Hoje me dói o coração quando passo em frente a um ponto de ônibus e vejo um grupo de senhoras, muitas vezes no vento e no frio, esperando um tempo absurdo pelo transporte — como se fosse uma esmola. Pior: nem que queiram pagar conseguem. Muitos motoristas fogem diante dos cabelos brancos. Se entro numa loja e vejo uma idosa examinando um artigo em promoção, invariavelmente a vendedora está com ar impaciente. Prefere atender gente com vontade de comprar mais depressa. Pessoas idosas são muitas vezes solitárias. Gostam de conversar um pouco mais, de ter uma conversa amigável com o vendedor, com o garçom. Soube de uma senhora, de origem norte-americana, que ficou sozinha no mundo. Mudou-se para um hotel médio, no centro de uma grande cidade, para sentir-se mais segura e protegida. Eu costumava jantar no restaurante desse hotel. Invariavelmente ouvia queixas de que ela era chata, impaciente, que reclamava muito. Ninguém parecia entender que se tratava de uma mulher sem parentes, em um país estranho, provavelmente assustada. Necessitando, simplesmente, de um pouco de calor humano. Acabou se mudando nunca soube para onde.

Conversando com um amigo dedicado a causas sociais, descobri que existem muitos voluntários para programas ligados à infância. Um número expressivamente menor para idosos. Como se pelo fato de já terem idade, não tivessem tanta importância assim. Mesmo nas famílias. As pessoas estão o tempo todo muito ocupadas. São poucas as que têm disposição para passar uma tarde ou uma noite batendo papo, preparando um jantarzinho melhor, trocando afeto. O velho é obrigado a entender que a vida do neto corre depressa, e que ele não tem paciência para seu ritmo mais lento, para suas recordações, para seu modo de ver o mundo. Talvez diferente, talvez conservador, mas nem por isso a troca de experiências seria menos válida.

Penso que nossos ancestrais sabiam lidar com a velhice. Viviam em cidades menores, os vizinhos se conheciam, e um ajudava o outro. Sempre havia alguém para fazer uma sopa, para pedir ajuda em caso de doença. Na cidade grande é sempre uma correria, onde frequentemente se esquecem dos valores humanos. É duro olhar para esse mundo e se perguntar:

— O que será de mim, quando for velho?

Talvez, se todos se fizessem a mesma pergunta, as coisas poderiam melhorar a partir de agora.

18. *Striptease no inverno*

Já começaram as liquidações de inverno. Antes mesmo do início oficial do frio, recebi vários avisos de vendas promocionais, *sales* e outros epítetos chiques para denominar as boas e velhas liquidações. Para variar, não resisti. Como perder a oportunidade de comprar uma malha de lã pela metade do preço? Mesmo grossa a ponto de abrigar um esquimó em uma tempestade de neve? A esperança é a última que morre, neste inverno tropical. Explico: quem gosta de andar de barriga de fora é surfista, *personal trainer*, corredor de maratona. Um pobre mortal como eu, obrigado a pedir perdão ao endocrinologista cada vez que come uma torta de chocolate, sonha com o frio. Sim, eu me lembro de quando era jovenzinho. Certa vez fui ao teatro com a turma da escola. As garotas de minissaia (bons tempos, hein?) e camisetinha olhavam com desprezo as damas da sociedade que chegavam cozidas dentro de casacos de pele.

— Que exibicionismo! — dizia uma.

— Onde já se viu, pele em país tropical? — concordava eu.

Nada a ver com a luta para salvar as espécies ameaçadas. As peles ainda não estavam no índex do politicamente correto. Era o puro desprezo de quem não precisava pendurar nada sobre os ossos para desfilar como um pavão. Mas o tempo passa. Passou para mim, e passará para você, que está rindo da minha barriga agora. A estação mais elegante é o inverno. Quanto mais frio, melhor! Um bom casaco, a malha folgada, os tons escuros... dão charme e elegância. Convenhamos: o verão revela. O inverno disfarça!

Saí da loja com duas sacolas. Acordei no dia seguinte, abri a janela, esperançoso. Sim, havia um ventinho... Botei camiseta. Camisa. Malha cinza bem grossa. Casaco. Meia de lã. Desci. Na rua, algumas pessoas andavam em mangas de camisa.

— São loucas — pensei. — Então não sabem que chegou o inverno?

Fui à luta. Banco. Dentista. Ao me ver abrigado como um alpinista do Everest, o doutor Sérgio aumentou o ar-condicionado até transformar o consultório em uma geleira. Notei a assistente tremendo de frio, enquanto ele escarafunchava minha boca. Ao sair, ouvi suspiros de alívio, enquanto o ar era desligado rapidamente. Já no corredor, fui bafejado por onda de ar quente.

É horrível ter de arrancar o casaco. A malha novinha em folha! Que remédio? Tirei. Dali a pouco, foi a vez da camisa. Passei a tarde suando e carregando a tralha. Olhando na rua, percebi que não era o único. Senhores arrancavam os paletós. Mulheres, as blusas de lã. Encontrei uma amiga. No carro, um guarda-roupa completo.

— De manhã boto tudo que posso. Faço uma espécie de *striptease* durante o dia. Tiro casaco, blusa, echarpe, meias... troco sapatos por sandálias... — confidenciou.

Carrega uma capa de chuva no banco de trás. É que o dia começa no inverno, continua no verão e às vezes pode terminar com uma garoazinha. Se hoje faz frio, amanhã será calor. Só mesmo se vestindo no estilo cabide, iniciando o dia cheio de roupas e terminando seminu. Na televisão, o meteorologista explica:

— É o fenômeno *El Niño*.

Que *niño*? Pelo tempo que inferniza o clima, já deve ser bem adulto!

Arrumo desolado minha pilha de malhas no armário. Todas sem uso. Compradas ano após ano, liquidação após liquidação. Espirro.

— Será alergia?

Dou mais um. Dois, três. Dúzias de espirros! Céus! O inverno, não sei não. Mas a gripe... ah... já chegou com tudo!

19. Adoráveis felinos

Sou um caso único. Dizem que os gatos jamais abandonam o lar. Mas eu tive uma gata branca que partiu sem dar satisfações. Encontrei-a em frente à casa de um amigo, de noite, miando com ar sofredor. Não tive dúvidas. Botei no carro e levei para casa. Nunca vou esquecer como era gostoso passar a mão em seus pelos, horas e horas, meditando sobre a vida. Às vezes me lambia com sua linguinha cor-de-rosa, o que eu considerava um privilégio. Ficou por lá três meses. Um dia desapareceu. Sofri. Imagino que voltou a seu antigo lar, utilizando seu absoluto senso de direção. Ou, pior, foi miar em outra freguesia com a mesma aparência de abandonada. Desde então passei a me dedicar aos cães. Nem por isso deixo de admirar os felinos. Têm personalidade. Só fazem o que querem. Mas quem ama os gatos faz qualquer coisa por eles. Um amigo separou-se da mulher. Sofria como um doido. Por causa da gata, que ficara em seu antigo lar. Finalmente, ligou exultante:

— Agora está tudo certo. Acabou-se o drama.
— Que bom! Voltou com ela?
— Não... mas trouxe a gata pra viver comigo.

Em outra oportunidade fui a uma gravação de um programa de televisão que exigia um gato azul. O gato devia ser perseguido, correr e pular para cima de uma árvore. Quanto otimismo! Ao chegar, vi um gato gordo pintado de azul — com uma rinsagem especial para pelos de animais. Mais adiante, em outra gaiola, outro gato, também pintado. Era o dublê. Puseram o primeiro gato no chão. Todos os atores saíram correndo, espantando o bichano. Ele continuou imóvel. Botaram o segundo. Mais imóvel ainda. Eram gatos gordos e peludos, que preferiam ficar deitados enquanto todos se esgoelavam em torno. Voltaram ao primeiro. A veterinária encarregada amarrou suas patas com umas cordinhas e puxou, para ver se ele andava. O bichano deixou-se arrastar no chão. Decidiram gravar por partes. Assim, os atores ficaram correndo de um lado para o outro, gritando.

— Olha o gato!, olha o gato!

Enquanto isso, o astro observava a gritaria placidamente, certamente imaginando que os humanos são uns bichos muito esquisitos. Chegou o momento final. Bastava colocar o felino em cima da árvore. Todos olhariam para o galho e gritariam. Quem conseguiu? Tomado de fúria, o gato arranhou a todos que tentavam tirá-lo de seu cantinho confortável. Começou a chover e o gato desbotou. Exaustos, transferiram a gravação para outro dia.

Há alguns anos eu ia passando por um bairro próximo ao meu. Em uma casa de esquina havia bem uns cem gatos no jardim. Parei para admirar. A dona, encantada, comentou:

— Quer um filhotinho para começar a sua coleção?

Esse é o problema. Quem começa com um termina com vinte. Ou trinta, ou mais. Os filhotinhos são tão bonitos, tão graciosos! Dá dó de oferecer, a não ser que já se tenha chegado à centena.

São também bons *gourmets*. Gostam do que é bom. Conheci uma garota que tinha o hábito de comer latinhas de ração para gato. Dizia ter um delicioso sabor de peixe. Nunca tentei experimentar. Ainda! Pois um guloso como eu pode chegar a tudo.

Muita gente discute o amor felino.

— Gato não serve para guardar a casa.

De fato. Nunca ouvi dizer que um bichano tenha atacado ladrões, ou miado para prevenir o dono. Mas possuem uma fidelidade exemplar. São uma companhia silenciosa mas cálida. Ninguém se sente realmente sozinho quando tem um gato. E quem disse que um gato não tenta contribuir para o orçamento familiar? Observe. Basta caçar uma ratazana das bem grandes para atirá-la na porta da cozinha, de presente. Como se dissesse:

— Trouxe o jantar!

Por mais que eu ame os cães, sou obrigado a reconhecer. Quando se diz que alguém é um cachorro, bem... tome cuidado. Gato ou gata é elogio. É pura sabedoria popular. Isso deve significar alguma coisa.

20. Arroz-doce

Certos sabores ficam guardados em um canto onde a lembrança se mistura com a emoção. Eu nunca vou me esquecer do arroz-doce com canela de minha mãe. Simplesmente arroz cozido no leite, polvilhado com canela em pó. Não era doce de festa. Mamãe tinha um bazarzinho no interior, e pouco tempo para a cozinha. Empregada, nem pensar, naqueles tempos difíceis. Morávamos em uma casa atrás da loja, e a porta da cozinha dava justamente para o balcão. Botava a panela no fogo e ficava com um olho na receita e outro na loja. Às vezes chegava uma freguesa, desatava a conversar. Que lugar melhor para saber as novidades do bairro, quem vai casar ou quem separou, do que o balcão de um bazar de cidade pequena? O leite fervia, derramava. Muitas vezes, depois do jantar, vinha arroz-doce passado do ponto, com um gostinho de açúcar queimado. Meu pai se divertia.

— Esqueceu no fogo?

Eu gostava assim mesmo. Repetia.

O pudim da minha avó paterna também está entre minhas recordações prediletas. É uma receita antiga, espanhola. Pudim de leite com queijo parmesão assado em banho-maria. Vovó era mestra na cozinha. Orgulhava-se. Quando vinha nos visitar, mamãe avisava.

— Não esqueça de pedir o pudim.

E não? Era a primeira coisa que eu falava.

— Vovó, faz pudim?

Feliz pelo reconhecimento, voava para a cozinha.

Muitos anos depois, o pudim seria o tema de um ato de generosidade de minha mãe. Eu já era adulto. Morava fora de casa. Vovó, velhinha. Fui visitar a família. Cumpri o ritual. Pedi o pudim. Vovó foi para a cozinha. Passou hora. Mais tarde, confessou, desanimada.

— Desandou.

Olhou para as mãos, triste, sentindo que já não era a mesma.

Dali a algum tempo, mamãe apareceu orgulhosa com um pudim, ainda quentinho.

— Mas não tinha desandado? — estranhei.

— A culpa era minha, que tirei antes do forno. Botei para assar mais um pouco e ficou bom! — explicou ela.

Vovó estranhou. Mas sorriu.

Mais tarde, quando estávamos sozinhos, mamãe confessou:

— Fiz outro escondido, para ela não ficar triste.

Já começando a ficar doente, vovó precisava daquela pequena vitória.

Nunca mais pedi o pudim. Muito tempo depois, consegui achar a receita, idêntica, em um antigo livro de cozinha. Também não tive coragem de fazer, pois só de pensar nele lembro desse dia, do desencanto de vovó, de seu sorriso e do gesto de mamãe. Sinto uma estranha emoção.

E ovos fritos com a gema mole? Quem não gosta? Quem não sente saudade, depois que o colesterol começa a subir? Quando como ovos fritos, sempre me lembro da infância.

Para muitos amigos é assim. Pratos simples remetem a sensações do dia a dia, quando a família toda sentava-se em torno da mesa. O jantar era, simplesmente, o momento de estarem juntos. Uma amiga se lembra com emoção das festinhas de aniversário. Cada ano a mãe escolhia uma cor. Uma vez rosa, outra azul, verde... Bolo, docinhos, vestido, tudo do mesmo tom! Balas de coco em cascata. Quem não tem as balas de coco guardadas na memória? Já vi senhores comportados se atirarem sobre bandejas de brigadeiros. Quem sabe revivendo a alegria dos tempos de infância?

É fato. A lasanha ao forno, o frango assado, o prato feito do jeitinho que só a mãe sabe, são inesquecíveis! Com a passagem dos anos, a vida muda. A gente se distancia. Ou as pessoas se vão para sempre. Ou então, ela já se foi. O sabor de uma receita, de um doce preferido, mexe com a gente. Dia das mães. É uma excelente data para eu fazer uma panela de arroz-doce. E trazer de volta a sensação dos abraços, dos gestos de carinho, e de tudo que eu nunca perdi, porque continua vivo dentro de mim.

21. O trauma dos carecas

Nunca entendi o horror que os carecas têm da própria calva. Talvez porque meus cabelos cresçam como capim. Já constatei o sofrimento de quem, devido à genética, ostenta a cabeça reluzente. Conheci um senhor bem-posto na vida que só andava de terno e gravata. Finíssimo! Mas também carequíssimo. Para disfarçar, penteava o topete de um extremo da cabeça até o outro. Ficava muito estranho. A risca do cabelo ficava na altura da orelha. Para mantê--los no lugar, mergulhava os fios em um gel gosmento. Se batia um ventinho, o cabelo todo se erguia, como um tapete. Ao conversar com ele, meus olhos se fixavam na careca. Um brilho de fúria surgia em suas pupilas. Eu tentava disfarçar. Dali a pouco, estava de olho na careca. Que constrangimento!

E quando o careca usa peruca? Nada é mais óbvio do que peruca com franja. Quase sempre está torta! E o tom dos cabelos? O loiro é parecido com pelagem de cavalo. O castanho, rebrilhoso. Ainda se salvam as pretas, que disfarçam mais. Existem técnicas modernas. Uma delas é uma espécie de tela, colada sobre a calva. Mistura-se com o cabelo. Parece normal, até que os cachinhos começam a se espalhar. O cabelo cresce que nem samambaia. O topo continua curto!

Mas ninguém cometa a gafe que eu já cometi, com minha delicadeza peculiar.

— Ah, você usa peruca? Terá um inimigo pelo resto da vida!

Há algum tempo encontrei um amigo em um bar. Parecia ter se tornado um... ex-careca! O topo da cabeça absolutamente preto. Sem franja. Peruca não era. Já estava prestes a perguntar qual o tratamento miraculoso. Quando descobri: era uma espécie de tinta! Tinha pintado a calva de preto! De longe, parecia cabelo. De perto, era horroroso. Agora, o pior é a situação de constrangimento em que esses carecas botam um sujeito que tenta ser bem-educado. Eu não podia agir como se tivesse percebido! Passei a noite inteira fingindo que ter o topo da cabeça asfaltado era absolutamente normal!

Outro amigo, Carlos, um arquiteto, era um sujeito charmoso. Fazia o maior sucesso com as mulheres. Estranhei quando começou a economizar para comprar frascos e mais frascos de uma substância americana recém-lançada. Tinha uma careca lustrosa, mas nunca imaginei que fosse problema. Até que fui jantar em sua casa. Mostrou, orgulhoso.

— Veja, já cresceram três fios!

Bem, ele tinha dois. Com os três davam cinco. Todos os cinco espetados no alto da cabeça, que nem as palmeiras de uma avenida à beira-mar! Brinquei:

— Daqui a pouco você vai poder fazer maria-chiquinha!

Quem disse que careca tem senso de humor? Emburrou, e emburrado continua!

Outro amigo confessou:

— Usei peruca anos e anos. Até o dia em que fui para o mar. As ondas levaram a peruca! Foi um deus nos acuda para tentar salvar, enquanto todo mundo ria. Que situação!

Hoje passeia a carequice para cima e para baixo. Feliz. Mas reconheço. Ser careca deve causar um sentimento que ninguém mais é capaz de compreender. Ainda bem que a moda mudou. Há quem raspe a cabeça por gosto! Muitos carecas raspam tudo e fingem que é para ser *fashion*. Mas grande parte continua atrás da peruca ideal, aquela tão perfeita... que até pareça de verdade!

22. O casamento

Entro na sacristia embalsamado em um terno preto. O botão está perigosamente apertado sobre minha barriga. Tremo à ideia de que possa estourar como uma rolha de champanhe quando estiver no altar. Serei padrinho de casamento de meu amigo Rodrigo. Sou o primeiro a chegar. Precavido, corro para o toalete. Ando fazendo uma dieta que não vai sal. Diurética. Ai, que medo! Busco o masculino. Só encontro o feminino. Tranco-me lá dentro, já que ninguém está vendo. Quando saio, há uma fila de mulheres na porta. Disfarço. Os outros padrinhos chegam. Todos estão de camisa branca. Menos eu, que vim de azul. Sinto-me horrível. O noivo também chega. Abraça a todos, visivelmente emocionado. Meu amigo Murilo comenta:
— Está pingando sangue do seu queixo.
Verdade! Havia me cortado ao fazer a barba. Um grupo de madrinhas apressa-se a resolver meu problema.
— Bote o lenço!
— Tire o lenço!
— Jogue água fria!
É duro transformar-se no centro das atenções enquanto todo mundo espera! Finalmente, estanca por si mesmo. Respiro aliviado.
Uma senhora nos chama. Deveremos entrar em cortejo, em uma ordem definida. Dá instruções.

— Padrinhos do noivo devem subir para o lado direito do altar!

— Ahn?

Minha dama resolve:

— A gente segue o casal da frente. Se ele errar, erramos juntos!

O noivo confidencia:

— Estou nervoso. Você não está?

— Quem vai casar é você — respondo.

Não sei por quê, todos riem. Acho que de nervosismo. A mãe do noivo pede um momento. Está chorando tanto que deve refazer a maquiagem. Todos aguardam. Saímos em cortejo. Na porta da igreja a tal senhora dá um empurrãozinho no meu cotovelo. Entro. Oh! Toda a igreja, de pé, me observa. Penso em sorrir. Mas também não posso ficar arreganhando os dentes. Tento fazer uma expressão de beatitude. Que horror! Eu e minha dama somos mais largos que o corredor! Tento manter a dignidade enquanto caminho batendo o nariz nos arranjos de flores. Subimos ao altar. Erro meu lugar, é claro. Minha amiga, Rosana, a madrinha da frente, me puxa para o local adequado. Ainda bem que não derrubei um castiçal, incendiando os vestidos das madrinhas. Mas quase.

O noivo trêmulo. Ouve-se a marcha nupcial. Ouve-se a marcha nupcial. Ouve-se a marcha nupcial. Ouve-se... sim, a marcha nupcial continua sendo ouvida e nada de a noiva entrar. Deve estar dando os últimos retoques na porta da igreja. Finalmente, as portas se abrem. É uma das noivas mais belas que já vi. Nervosíssima! É entregue ao noivo. Começa a cerimônia. Sermão. Minhas pernas latejam. O padrinho do outro lado está olhando exatamente atrás de mim. Olhar fixo. Será que o teto está prestes a despencar na minha cabeça? Quase viro o pescoço. Consigo me conter. Tenho certa dificuldade em parecer um senhor sério e bem-comportado. Entra uma menininha com as alianças. Chorando! O noivo corre para pegá-la. Entrega-a à mãe, que também está no altar. Ouço os "sim". As alianças são trocadas. O padre canta, em um belo momento. Os noivos choram. A cerimônia termina. Cada um deles vem nos cumprimentar. Sinto uma emoção inesperada. Quando o noivo me abraça, me chamando de amigo, o meu aperto é forte também. Vejo o quanto estão emocionados. As lágrimas escorrem. Percebo, então, como esse ritual tão antigo nos toca, e como os votos adquirem maior valor. Lá do fundo do meu coração brota o desejo sincero de que sejam muito, muito felizes!

23. Cuidado com o dono

Pinscher. A mãe de um amigo tinha um cãozinho dessa raça. Tamanho mínimo. Tormento máximo. Ficava solto na sala. Bastava eu chegar para uma visita, começava a latir. Passava horas soltando latidinhos estridentes. Mordia meus dedos com os dentinhos afiados. A dona sorria.

— Não é uma gracinha?

Eu tinha vontade de morder a tal senhora.

Quando morava em uma chácara tive um vizinho cujo cachorro latia a noite toda. Adoro cães, tenho três. Mas aquele! Mudei de quarto. Coloquei algodão no ouvido. Um dia, a surpresa.

— Levaram o barulhento para o sítio — contou a empregada.

Aliviado, suspirei. Alívio inútil. Na mesma noite iniciou-se uma sinfonia de ganidos. Não um, mas vários cãezinhos juntos! O número parecia aumentar diariamente. Achei que fosse psicológico. Impressão? Exagero? Estaria endoidando?

— Ih! Ele montou um *pet shop* — contou minha funcionária.

Exatamente. Trazia os filhotes para dormir em casa. Um número crescente de cachorrinhos, todos ganindo de saudade da mãe. Eu tinha vontade de abrir a janela e uivar. Foi quando descobri que a vida no campo nem sempre é tão repousante quanto apregoam. Voltei para a cidade.

Uma amiga possui cinco cachorros. Basta um carro passar a duzentos metros para dispararem latindo furiosamente. Com frequência, fogem. Atacam os calcanhares alheios. São pequenos e peludinhos. Machucar, não machucam. A dona sai no portão e grita.

— Voltem, voltem!

Se alguém reclama, fica brava.

— Imagine, eles não fazem nada.

Além de ser mordida, a pessoa quase é obrigada a pedir desculpas. Os vizinhos já puseram as casas à venda várias vezes. É o maior movimento de corretores da região. Eu me pergunto: cachorros não se cansam de latir? Tento, para fazer experiência.

— Au, au!

Em cinco minutos estou rouco!

No elevador do meu prédio é frequente dar de encontro com algum cachorrão. O proprietário sempre avisa:

— Não se preocupe, é manso.

Será? Fico encolhido em um canto. E se justamente agora resolver experimentar o sabor de uma mordida? Donos adoram dizer que seu bichinho de estimação é angelical, mesmo com provas em contrário. Tive uma amiga carioca com uma cadela *dobermann*. Nas poucas vezes em que me hospedei em sua casa acordava com a princesa me farejando. Eu, deitado em colchão no assoalho. O focinho molhado na minha nuca. Rígido. Não mexia nem os cílios. Horas depois a moça ouvia meu gemido e vinha:

— Está com medo do quê?

— Medo, não. Apavorado — eu respondia sem voz.

— Que bobagem!

Atirava um osso. A bonitona agarrava no ar e saía mastigando que nem chiclete. Eu punha as mãos no pescoço, pensando quantas horas faltavam para pegar o ônibus. Mais me dói verificar que volta e meia são os cães que levam a culpa. Está no auge o tema da proibição de criar certas raças, como o mastim-napolitano, o *pitbull* e o *rottweiler*. Um ator que conheço foi atacado por um *pitbull*. Teve de fazer plástica. Ficou anos fora da televisão. Mas um casal de amigos tinha um *rottweiler* chamado Xico. Um doce. Abanava o rabo. Pulava e lambia. É triste pensar que o Xico não existiria. Não sou um especialista em raças. Se autoridades da área garantem que algumas são perigosíssimas, sou o primeiro a aceitar. Tudo bem que se limite a criação das feras. E os portões abertos, o descaso, a imprudência? Muitas vezes é preciso cuidado com o dono! Nas mãos de alguém imprudente, até um *pinscher* é capaz de enlouquecer meio mundo!

24. Muambas de luxo

Há duas semanas fiz as malas e parti para os Estados Unidos. Férias! Ainda sou do tipo caipira, que quando vai pegar um avião anuncia aos quatro ventos. Nunca mais farei isso. Mal contei, começaram as encomendas:
— Você compra um creme de barbear para mim? — pediu um.
— Aqui existem tantas marcas...
— O que eu gosto é americano. Nas lojas, cobram 7 reais. No *free shop*, só o equivalente a 4!
Nos dias seguintes recebi uma enxurrada de telefonemas:
— Eu uso um perfume que é caríssimo no Brasil.
— Uma vez eu ganhei um relógio com um cachorrinho que late ao despertar. Da Disney. Arruma um para o meu sobrinho.
É um constrangimento. As pessoas se comportam como se estivessem no interior da selva amazônica, ávidas por gotas de civilização. Há pedidos completamente estapafúrdios. Meses atrás, um ator de voz afinada pediu a um amigo meu que ia a Nova York: "Não poderia trazer partituras musicais para um *show*?". O turista passou duas tardes correndo a cidade e achou algumas. Ao entregá-las, ouviu um rosnado:
— Só essas? Se tivesse procurado com vontade teria encontrado mais.

O *show* nunca foi montado. A amizade esfriou. Muitas vezes tentei recusar, explicando:

— Vou a trabalho, nem sei se terei tempo...

A pessoa sempre insiste. Age como se fosse desfeita. Entre o pedido e a entrega existem várias armadilhas capazes de acabar com uma amizade. Como a questão do preço. Certa vez um rapaz insistiu para que eu trouxesse um gravadorzinho. Comprei na primeira loja. Ainda me lembro do sorriso do chinês do balcão. Ao chegar, entendi o porquê de tanta alegria.

— Aqui no Brasil é muito mais barato!

— Você ainda queria que eu pechinchasse? — admirei-me.

Ele me olhou torto, como se eu estivesse tirando algum por fora. Algumas situações ficam muito desagradáveis. Um advogado, conhecido meu, esqueceu-se de procurar um xampu. Ao voltar, comprou num *shopping* e o entregou à colega de escritório como se fosse trazido do exterior. Cobrou a metade do que pagou. Só para não ficar chato. Foi pior: agora vai viajar de novo e a moça lhe deu uma lista enorme, para aproveitar o preço.

Pavoroso é o amigo que encomenda pôster. Não adianta bater o pé, dizer que não cabem em nenhuma mala, que serei obrigado a trazer na mão.

— É leve, qual o problema de carregar? — ouço de volta.

Nem sei como reagir diante da observação. Carregar tralha é horrível até em viagens curtas de ônibus. Quanto mais em aeroportos, onde se deve chegar três horas antes, esperar para embarcar etc. etc. Será que ninguém pensa que em vez de fazer compras eu quero aproveitar a viagem?

Bem, minha mãe dizia que pimenta nos olhos dos outros é refresco. A frase mais terrível certamente é:

— Você traz que depois a gente acerta.

Por causa dela, cheguei a dar calote. Há alguns anos uma produtora teatral me pediu para encontrar um diretor em Nova York e pegar um texto com ele. Pagaria as despesas, explicou. Esperei no hotel, o homem não chegava. Eu tinha um compromisso, saí correndo. Voltei, encontrei o texto e um bilhete com a conta. Era um livro caríssimo, fora de catálogo. Telefono para ele, não encontro. Ele liga de volta, deixa recado. Acabei partindo sem pagar. Foi a sorte. A produtora pegou o livro, sorriu, agradeceu, disfarçou e nem perguntou quanto custara. Ou seja: eu também não iria receber.

Finalmente aprendi. Ao desembarcar em Cumbica, fui ao *free shop* tratar das encomendas. Fiquei uma hora escolhendo licores, chocolates, latinhas de patê, telefones sem fio. Cheguei aos perfumes. De todos, só não havia o meu. Senti-me injustiçado. Estava lá, camelando com as compras, e para mim nada? Podem me chamar de egoísta. Abandonei o carrinho.

Os amigos fazem de tudo para transformar o turista em ás do contrabando. Decidi: encomendas não mais. Sei de gente que ficará de nariz torcido. Assumo: odeio peregrinar pelas lojas, carregar malas, esfalfar-me nos aeroportos. Para muambeiro de luxo, nunca tive vocação.

25. Perigosa

Visito uma amiga, dona de um antiquário. Detalhe: ela mora na parte de cima da loja. Para minha surpresa, nesse sábado, meio da tarde, parece haver uma festa no pátio. Várias pessoas bebem cerveja e comem bolinhos de bacalhau, fritos por uma senhora portuguesa, vizinha da loja. Um rapaz faz drinques e sucos. Minha amiga se apressa a me receber.

— Aceita um suco?

Aceito, é claro. Um suco geladinho, delicioso. Como alguns bolinhos de bacalhau. Entro no papo. Dali a algum tempo, resolvo me despedir. Sorrio, grato pela tarde deliciosa.

— Bem, já vou...

Imediatamente, ela saca um bloquinho e a caneta e começa a fazer as contas.

— Deixa ver. Você tomou um suco... ou foram dois? Quantos bolinhos de bacalhau?

A senhora portuguesa grita:

— Seis! Ele comeu seis!

Bem, eu comi seis pensando que fosse de graça! Arranco algumas notas do bolso, desenxabido. Ela recebe, feliz da vida.

— Volte sábado que vem.

É o drama da palavra "aceita". Ah, palavrinha perigosa!

Conheci uma jovem que veio do interior para estudar. Vida difícil, morando em pensionato. Um dia resolveu fazer uma extravagância. Saiu com umas amigas, estudantes como ela, para jantar fora. Sentaram-se no restaurante. Nenhuma tinha experiência de cidade grande. Veio o garçom.

— Aceita uma entrada?
— Aceitamos.
— Aceitam um vinho?
— Oh, sim, aceitamos!

E foram aceitando. Certas de que fosse uma gentileza, já que ninguém estava falando em dinheiro. No final veio a conta. Quase morreram de susto. Passaram o mês comendo pão com ovo.

O verbo aceitar acabou se tornando uma forma disfarçada de empurrar a mercadoria sem discutir o preço. O correto seria o garçom ter oferecido a carta de vinhos.

Em tempos bicudos, as coisas ficam ainda mais difíceis. Recentemente fui à casa de um amigo. Artesão. Mal entrei, ele lembrou:

— Ainda não dei seu presente de aniversário! Está guardado.

Foi para dentro, voltou com uma caixinha de madeira enfeitada com flores do tipo que detesto. Sorriu e disse:

— Que acha? Gosta?
— É... linda!
— Quer ficar com ela?
— Claro!

Afinal, o que se diz diante de um presente? Mas a coisa não era bem assim. Saltitante, ele entrou no quarto. Voltou com um pacote.

— Este é seu presente.
— Ahnnn?
Desembrulho uma camiseta, atônito. Ele continua:
— Pela caixinha, vou fazer um preço especial!
Era truque para me vender a caixinha, dando o presente depois! Que tática, hein? Como voltar atrás, ainda por cima sendo uma obra assinada pelo próprio? Deu vontade de atirar a caixinha na cabeça dele.

Uma amiga, que mora em um bairro de classe média tradicional, anda apavorada. Diante da crise que assola as melhores famílias, a maioria das vizinhas partiu para negócios domésticos. Uma faz massas em casa. Outra, doces e bolos. As visitas amigáveis de antigamente transformaram-se em armadilhas.

— Não quer levar uma lasanha para casa?

A ingênua caiu na conversa algumas vezes. Logo depois de embrulhada a massa, ou a bandeja de docinhos, vinha o preço.

— Mas... mas...

Nos bons tempos, bastava devolver o prato com outra gulodice. Minha amiga desenvolveu uma tática.

— Estou de regime.

Ninguém acredita, é claro. Continua gordíssima. Mas com o dinheiro no bolso.

Eu optei pela franqueza.

— Não aceito, não.
— Mas está tão gostoso!
— Não quero, não quero e não quero!

Vou acabar passando por mal-educado. Mas do jeito que as coisas vão, dizer "aceito" pode ser perigoso!

26. Vítima das embalagens

Entro no chuveiro. Relaxo na água quentinha. Pego o xampu. É novo. Tento virar a tampa. Não cede. Aproximo meus olhos míopes. Está envolta em um plástico duro, transparente. Puxo. Minhas unhas curtas resvalam. A batalha demora alguns instantes. Minhas investidas não produzem resultado algum. Tenho cabelos oleosos. Sem um bom xampu, fico tão charmoso quanto um tapete de pele de carneiro. Ataco a tampa a mordidas. Meus dentes rangem. Mal arranco uma lasquinha. O xampu cai da minha mão. Abaixo-me. Tropeço. Caio sentado. O frasco continua invicto.

Recentemente, também fui vítima de uma lata de patê de fígado. Era daquele tipo que vem com uma chavinha. O segredo é enrolar a chavinha bem devagar em torno do topo, até que a parte de cima se solte. Teoricamente. Como sempre, fiquei com a chavinha inútil numa mão e a lata fechada na outra. Os amigos bebiam cerveja na sala. Quis enfiar a chavinha de novo. Impossível. Tentei com o abridor. Não havia ângulo para apoiar. Peguei uma faca e um martelo. Fui esfaqueando a lata pela parte de cima. Cavava um buraco, em seguida outro do lado, e assim por diante. Quando achei que dava, puxei. Abri. Mas a lata, cheia de pontas metálicas, bateu na minha mão. Espalhei patê pelo piso. Eu me cortei. Um cortezinho ridículo, mas corte. Os amigos vieram correndo. Falaram em tétano e pronto-socorro. Jurei nunca mais comprar patê de fígado com chavinha.

Frascos, latas e semelhantes levam qualquer ser humano à beira da loucura. Remédios e vitaminas são *hors--concours*. Só provam uma coisa: quem conseguir abrir está perfeitamente saudável. As aspirinas têm vindo com uma tampa na qual há uma setinha minúscula em relevo. A tal setinha tem de encaixar com outra marquinha. Algo tão minucioso quanto abrir um cofre sem o segredo. Para quem está estalando de dor de cabeça, uma delícia. Alguns sucos vêm em embalagens de papelão com um recorte picotado. "Aperte aqui", diz um aviso. Aperto e não acontece nada. Depois de inúmeras tentativas, arrebento o papelão no lugar errado. O suco esguicha para o copo pelo lado. Um horror.

Engoli derrotas até de embalagens de produtos de limpeza. Algumas vêm com uma tampa simples. Aberta, descobre-se uma nova tampa. O lugar onde devia haver um furinho está tapado com plástico resistente. Tudo bem. É um sistema natural do fabricante para impedir que o detergente alague o caminhão de entrega. Mas a tampa é planejada numa medida tal que nada consegue fazer o furinho. A ponta das facas não penetra. Nem a da tesoura de cozinha. Tento com um garfo. A dimensão é perfeita. Quase consigo. Empurro um dente do garfo no plástico. Entorta para o lado, mas não faz o furinho. Fico com o garfo destruído e a embalagem fechada. Paro durante alguns segundos. Tomo um café. Cravo chaves de fenda de tamanhos variados. Nenhuma serve. Lembro-me do abridor de vinhos. Tenho um superchique, de *design* italiano, que reservo para os dias de visita. Quase acabo com o abridor, mas consigo. Furinho feito, vou lavar os pratos. Espremo a embalagem e o produto sai por todos os lados. As várias tentativas criaram pequenas aberturas. Espirra até no armário da cozinha. Minha orelha fica cheia de detergente. Estou consciente de que os fabricantes têm sólidas razões para me torturar dessa maneira. Proteger o produto é uma delas. Impedir que crianças abram frascos indevidos é outra. Neste último caso, trata-se de pura ilusão. Petiscos em saquinhos metálicos indevassáveis e bugigangas eletrônicas treinaram a meninada. Para minha humilhação, qualquer garotinho abre uma embalagem complexa em segundos. Eu me sinto como se fosse um alienígena, ainda não adaptado para conviver com os progressos da civilização. Tenho saudade das embalagens do passado. Quando bastava um pouco de firmeza para torcer tampas ou usar o abridor de latas. Força, só para estourar a rolha da garrafa de champanhe. Mas, aí, sempre valia a pena, por causa da comemoração.

27. A vida é falsa

Estou em uma churrascaria. Termino de devorar pedaços variados de alcatra, de picanha, de costela. Sinto um pedacinho de carne infiltrado entre meus dentes. Tento arrancar com a língua, de leve. Inútil. Aspiro. Um ruído sai da minha boca. *Shieeeee*! Os companheiros de mesa levantam os olhos. Estendo a mão para pegar o paliteiro. Sim, em churrascarias ainda existem paliteiros. Nos restaurantes mais finos, eles vêm encapsulados. Ou nem mesmo são colocados à mesa. Agarro um palito. A moça na minha frente me olha horrorizada. Lembro-me de todos os manuais de etiqueta. É proibido palitar os dentes em público. No máximo pode-se palitar trancado no toalete, como se fosse um segredo inconfessável. Abandono o palito na mesa. Em seguida, penso: "Por que é proibido palitar os dentes?".

Não há motivo lógico para tornar o ato tão vergonhoso. Enfio o palito nos dentes sob o olhar constrangido de todos que estão à mesa. Sorrio, deliciado. Existe coisa melhor do que palitar os dentes depois de uma refeição?

Dizem que é feio fazer isso, fazer aquilo. Já não sei. Outro dia estava andando no condomínio. Um cachorrinho saiu de uma casa, correu, mordeu e rasgou minha calça. A moça — por sinal veterinária, como soube depois —, em vez de perguntar se eu estava machucado, gritou, num tom furioso:

— Desculpa.
— Rasgou minha calça! — respondi.
— O que você quer que eu faça, já pedi desculpas?! — revidou a dama.

Exigi uma calça nova. Não só por ser do meu direito. Mas pela atitude dela, que nem se preocupou em saber se eu estava ferido. Dias depois, ainda insistia em receber a calça. Um amigo torceu o nariz.

— Mas pode parecer mesquinharia.
— E daí se estou sendo mesquinho? — respondi. — Então é feio exigir o que é justo?

Acontece sempre. Basta a gente pedir alguma coisa que é do nosso direito, e que envolve uma pequena quantia, para receber cara feia. Quantas vezes, em restaurantes, são esquecidas moedas, ou as notas mais baixas? Sem nenhuma explicação. Outro dia, fui a um *shopping*. Paguei o estacionamento. De troco, um real. O rapaz nem se mexeu. Foi preciso dizer:

— Pode me dar o troco, faz favor?

Atirou a moeda nos meus dedos, como se eu fosse um monstro.

Há uma infinidade de coisas banidas da vida social. Comer frango com a mão, por exemplo. É delicioso agarrar uma coxa com as mãos! As regras de etiqueta até permitem, mas ninguém tem coragem. Ficam cortando pedacinhos com a faca, enquanto o osso rola no prato. E chupar o tutano? Quem nunca provou não sabe o que está perdendo! É uma delícia.

Quando fui provar, me avisaram:

— Você vai ficar com a boca lambuzada.

— Lambuzou, lavou! — respondo.
Na trilha do frango, vai a manga. Cravar os dentes no caroço de uma manga bem madura é inesquecível. Todo mundo serve a fruta cortadinha. Existem frutas que nem são servidas diante de convidados. Jaca, por exemplo. Impossível comer jaca de garfo e faca. Resultado: ninguém mais oferece. Tem gente que acha feio até comer sanduíche com a mão. Já recebi muitos olhares de acusação ao agarrar um cheesebúrguer e meter os dentes, enquanto a pessoa na minha frente corta os pedacinhos. São tantas as falsidades que já nem sei como me comportar. Outro dia cheguei a uma festa de aniversário e perguntei, alegre:
— Quantos anos?
A aniversariante virou a cara. Na hora do bolo, só uma vela solitária. Acabei comentando:
— Se ela botasse todas as velinhas, provocaria um incêndio!
Quase fui expulso.
Alguém me responda: como dar festa de aniversário sem que perguntem a idade?
Já me conformei. Se é para deixar de ser espontâneo, prefiro ser chamado de mal-educado. Pelo menos a vida se torna mais confortável.

28. Pedestres à vista!

Espero ao volante. O semáforo parece demorar horas. Finalmente, vem o amarelo. Engato a primeira. Verde. Boto o pé no acelerador. Nesse instante, uma senhora pula da calçada para a faixa, correndo com uma criança na mão. Breco ruidosamente. O carro de trás buzina, furioso. Ela corre para aproveitar o último instante antes de os veículos darem a largada. Mostro a luz verde. Olha-me como se eu fosse um alienígena. Pior ainda, um ser sem coração, incapaz de compreender sua pressa em atravessar aquela faixa. Compreendo, sim. É a mesma que eu tinha enquanto aguardava o semáforo. Dá vontade de sair do carro e armar um barraco. Não foi só a vida dela e a do filho que ela botou em risco. Como vou me sentir se atropelar alguém? Até poderia ser absolvido nos tribunais. Mas me sentiria péssimo pelo resto da vida. O novo código de trânsito tem ajudado a botar os motoristas na linha. E os pedestres?

Já se falou em multar quem anda a pé. Deve ser impraticável. O policial sairia correndo atrás da pessoa, pegaria o número do RG? No cruzamento de qualquer grande avenida, é uma loucura. Vendedores, pedintes, bichos da universidade, distribuidores de folhetos se atiram na frente dos carros com o semáforo fechado. Quando abre, saem em debandada, num salve-se quem puder. A polícia multa os carros. Nem liga para o que vê. Durante muitos anos morei numa chácara próximo a São Paulo. Pegava a rodovia Raposo Tavares todas as noites. A maior preocupação que eu tinha era evitar as pessoas que atravessavam a estrada no escuro. Mas a baixa velocidade que eu mantinha funcionava como uma deixa. Sempre alguém corria na minha frente, cruzando para o outro lado. Dava um frio na barriga! Detalhe: isso acontecia nas áreas próximas a bairros onde existem passarelas. Sei muito bem que passarelas são desconfortáveis. Mas é melhor correr risco de vida?

Sair da garagem também não é fácil. Outro dia, estava dando ré. Um casal correu por trás do carro, como se não pudesse perder um único segundo. Brequei. Botei a cabeça para fora, reclamei:

— Ei, não viram que eu estava saindo?

O rapaz revidou de boca cheia:

— A rua é de todos!

Continuou vitorioso, como se tivesse conquistado um campeonato. Eu me pergunto: que pressa é essa? O que ganham com esse mísero segundo? Dia desses eu estacionava numa subida. Tráfego intenso. No exato momento em que embiquei na vaga, um sujeito surgiu na traseira. Enfiei o pé no freio. O motor morreu. Um carro que descia quase levou minha dianteira. Xingaram minha mãe. O responsável nem notou o barulho. Continuou adiante, feliz da vida. Muitas vezes, ao embicar numa garagem em calçadas movimentadas, vejo um batalhão se atirar no espaço mínimo entre o para-choque e a entrada. Um amigo me aconselhou:

— Você é tonto. O negócio é acelerar, que eles saem correndo.

Sei que funciona. Também ando a pé. Já vi atirarem carros em cima dos pedestres. Mas que é isso, uma selva? O motorista sempre é visto como agressor. O pedestre, como vítima. No fundo, no fundinho, isso cheira à velha visão da luta de classes. O rico, que tem carro, é o malfeitor. O pobre pedestre, a vítima. Não é por possuir um automóvel que alguém deve ser encarado como um *serial killer*. Bem que está na hora de os pedestres darem a contrapartida, tornando a vida na cidade um pouco menos selvagem.

29. Reis do consumo

Tenho mania de comprar livros. É uma fixação, pois acabo levando para casa muito mais do que consigo ler. Frequentemente, faço a promessa de não adquirir mais nenhum. Não cumpro. Basta entrar em uma livraria para descobrir títulos essenciais. Como se o simples fato de ter os livros pertinho de mim aumentasse minha sapiência. (Nossa, há quanto tempo não via a palavra sapiência! Deve ser de algum livro que não li.) Faço a festa de vendedores de livros. Cida, a simpática gerente de uma livraria do meu bairro, sorri feliz quando me vê entrar. Oferece cafezinho e começa:

— Olha o que saiu!

Já me convenceu a levar, certa vez, um catatau romântico de umas quinhentas páginas só porque comentei estar procurando um livro para "me distrair". Uma história tão melosa que botaria um diabético no hospital. Mas esse, pelo menos, li, embora não devesse confessar a ninguém ter gastado tempo com tão baixa literatura. (O pior é que torci pelos personagens!) Lamentei-me com Cida. Segundo ela disse, meu caso não é dos mais graves.

— Tive um amigo que comprava os dez volumes da obra completa de Marx, por exemplo. Ficava sem dinheiro para pagar a pensão. Era despejado e acabava deixando os livros. Ia para outra e, novamente, comprava a coleção. Era despejado mais uma vez. Dava pena.

Minha loucura é especial, pois se restringe a livros e, pasmem, sabonetes cheirosos. Não posso ver um sabonete diferente. Compro. Como sou alérgico, jamais posso usá-lo. Jogar fora, nem pensar. Seria desperdício demais. Dezenas de sabonetes empesteiam minhas gavetas. Um amigo é assim com roupas. Ligou-me para avisar de uma liquidação numa loja elegante. Expliquei que não precisava de nada.

— Mas você não pode perder as ofertas!

Recusei-me a ir. Ele me tratou como se eu tivesse uma grave falha emocional. Na sua opinião, só uma personalidade problemática não aproveitaria a chance de torrar uma grana em calças e camisas. Mais tarde veio me visitar feliz da vida.

— Comprei outra calça preta!

— Outra?

Tem quatro ou cinco. Nem usa todas. É incapaz de resistir a uma roupa bonita. A mãe de outro amigo adorava sapatos. Mostrou-me o armário cheio. Nem que fosse a pé daqui até a China gastaria tanta sola. Era capaz de se emocionar com um par de escarpins de couro de cobra.

— Não são lindos? — mostrava, os olhos marejados com tanta formosura.

Alguns nunca punha, para não estragar. Adorava contemplá-los, como Ali Babá ao tesouro.

A mania de comprar não tem nada a ver com classe social ou necessidade. Já vi gente com pouquíssimo dinheiro entrar em um brechó e sair de sacola carregada de inutilidades. A última loucura de consumo é a do sujeito que adora vinhos. Não estou falando de conhecedores, que identificam uma safra pelo aroma. Mas de gente como eu, capaz de confundir qualquer vinagre mais encorpado com um tinto especialíssimo. Tornou-se chique conhecer vinhos, ter adega. Fui visitar um amigo em sua nova casa. Lá pelas tantas me arrastou até um armário repleto. Mostrou garrafa por garrafa.

— Esta custou tanto, esta, tanto...

Observei, de olhos arregalados. Qual seria o sabor de vinhos daqueles preços? Comentei, amigável:

— Deve ser uma delícia tomar um vinho desses.

Assustou-se:

— Tomar? Nunca.

Não escondi minha surpresa. Explicou candidamente:

— Tenho dó. São muito caros para ficar bebendo. Dá pra entender?

30. Tudo é possível

Quando eu era pequeno, queria ganhar um cavalo de corrida. Natal após Natal eu mandava cartinhas para papai noel. Não tinha muita ideia de onde botar o cavalo. Morava em uma pequena casa no interior de São Paulo, dividindo o quarto com meu irmão mais velho. Talvez pudesse acomodá-lo na cozinha, se a mamãe deixasse. Mas isso não parecia ser problema. Em todo Natal mamãe vinha com uma desculpa:
— O cavalo ficou doente, e papai noel não pôde trazer.
Ou então:
— Estava muito pesado para papai noel carregar.

Finalmente, exausta, revelou a verdade sobre papai noel. Sofri. Não queria acreditar. Puxa, desde que eu me conhecia por gente fazia esforço para ser bonzinho por causa do cavalo de corrida. Via o velhinho de barbas brancas na porta da loja. Acordava de manhã e encontrava sempre um presente — ou vários — junto à meia. Agora queriam que eu enfrentasse a realidade dos fatos?

O tempo passou, e a vida se encarregou de trazer outras fórmulas tão mágicas quanto papai noel. Principalmente em relação ao Ano-Novo. Ultrapassar a noite de *réveillon* tornou-se um foco de tensão. Qualquer errinho, por menor que seja, é capaz de redundar em um ano inteiro de pavores!

A coleção de exigências para um Ano-Novo decente bota a crença em papai noel no chinelo. Por exemplo:
- Usar roupa branca, de preferência nova. Minha amiga Lalá andou matando cachorro a grito em uma fase da vida. Acabou desistindo e entrou no Ano-Novo de preto, na esperança de reverter a situação. Bem... acho que este ano ela vem de vermelho.
- Comer muito na ceia, para ter abundância o ano inteiro. É desculpa de guloso. Sinto imensa simpatia por essa ideia! O único problema é o cardápio: não se pode comer ave, porque cisca para trás, e isso atrasa a vida. Melhor comer porco, que chafurda para a frente. O risco é passar o ano chafurdando. Depois, lentilha, que é sinônimo de sorte. Para completar, romãs, para atrair felicidade. Com tanta romã, certamente as lavanderias devem morrer de felicidade, tal o número de manchas nos trajes brancos!
- Dar três pulinhos com a taça de champanhe na mão. Depois, jogar o champanhe para trás. É garantia de sorte. E talvez de briga, porque sempre alguém acaba levando bebida nas fuças. Pior ainda se eu estiver em uma praia e tiver de pular as sete ondinhas. Nada mais difícil que contar as ondas no meio do barulho, dos fogos (imprescindíveis), agarrando a taça em uma mão, os chinelos na outra e recebendo abraços de feliz Ano-Novo! É inevitável: acabou roubando na conta. Vem uma ondinha, não consigo pular e digo: "Essa não vale!".

Ou seja, era mais fácil quando eu acreditava em papai noel! Agora, além de comprar os presentes, tenho de labutar na noite de ano! Na esperança de que, sim, aconteça alguma coisa mágica — não sei bem o quê —, capaz de trazer algo de maravilhoso para a minha vida.

Este ano resolvi. Vou me dar um presente. Aprendi a não acreditar em papai noel. Também não quero mergulhar em tantas fórmulas mágicas. Eu posso ter um Natal e um ano maravilhosos se acreditar em mim! Não entra na minha cabeça que uma noite iluminada pelos fogos vá determinar a minha vida, o meu ano, a minha felicidade. E sim o meu íntimo, iluminado pela minha vontade. Natal e Ano-Novo são simbólicos. Duas datas que despertam a vontade de ir à frente, de ser melhor, de encontrar novos caminhos. Mas a magia, a capacidade de tornar a vida maravilhosa, está, realmente, dentro de mim.

Agora, com essa certeza no meu coração, eu sei. Tudo é possível!

Autor e obra

Quanto dar de gorjeta sem parecer pão-duro? Como se livrar daquela amiga que aparece nos horários mais inconvenientes? Você consegue disfarçar a decepção ao receber um presente que não terá nenhuma serventia? Quem nunca passou por situações semelhantes? E quem nunca se irritou, riu e se emocionou com muitas delas?

A arte de Walcyr Carrasco está no modo de narrar esses episódios: a escolha das palavras, o tom levemente irônico, uma emoção contida, uma certa indignação que não dá para ser disfarçada.

Suas crônicas são um apanhado geral do cotidiano de todos nós, e sem dúvida nos identificamos com a maioria das situações.

Estamos sujeitos a pequenos delitos, mas podemos trocá-los por grandes prazeres.

Walcyr Carrasco nasceu em 1951 em Bernardino de Campos, SP. Escritor, cronista, dramaturgo e roteirista, publicou mais de trinta livros infantojuvenis ao longo da carreira, entre eles *O mistério da gruta*, *Asas do Joel*, *Irmão negro*, *Estrelas tortas* e *Vida de droga*. Fez também diversas traduções e adaptações de clássicos da literatura, como *A volta ao mundo em 80 dias*, de Júlio Verne, e *Os miseráveis*, de Victor Hugo, com o qual recebeu o selo de altamente recomendável pela Fundação Nacional do Livro Infantil e Juvenil. Em teatro, escreveu várias obras infantojuvenis, entre elas *O menino narigudo*. *Pequenos delitos e outras crônicas*, *A senhora das velas* e *Anjo de quatro patas* são alguns de seus livros para adultos. Autor de novelas como *Xica da Silva*, *O Cravo e a Rosa*, *Chocolate com Pimenta*, *Alma Gêmea*, *Caras & Bocas* e *Amor à vida*, é também premiado dramaturgo — recebeu o Prêmio Shell de 2003 pela peça *Êxtase* — e cronista de revistas semanais. Em 2010 foi premiado pela União Brasileira dos Escritores pela tradução e adaptação de *A megera domada*, de Shakespeare.

É cronista de revistas semanais e membro da Academia Paulista de Letras, onde recebeu o título de Imortal.

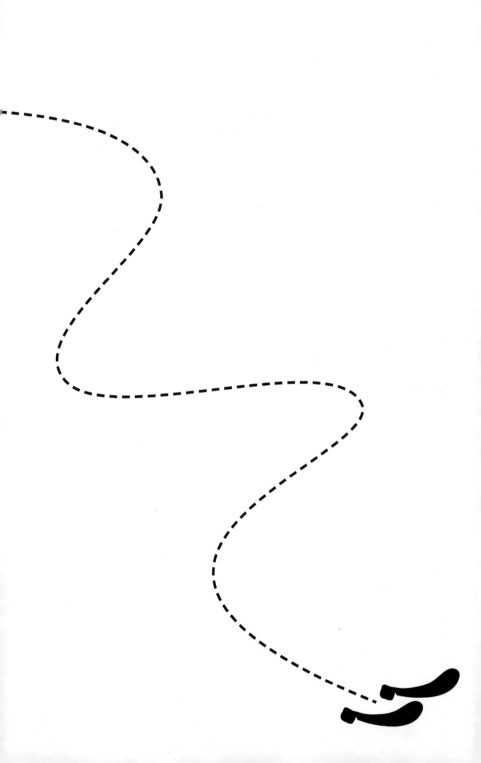